Educação sentimental
do vampiro

Dalton Trevisan

Educação sentimental do vampiro

Antologia

organização
Felipe Hirsch e Caetano W. Galindo

todavia

Pedrinho 7
Uma vela para Dario 12
Duas rainhas 15
Cemitério de elefantes 19
O coração de Dorinha 22
Ismênia, moça donzela 25
A noite da paixão 31
Debaixo da Ponte Preta 39
Onde estão os Natais de antanho? 44
Lamentações de Curitiba 48
Chuva 52
Senhor 54
Paixão segundo João 55
Trinta e sete noites de paixão 60
Educação sentimental do vampiro 64
Última corrida de touros em Curitiba 68
A barata leprosa 72
O colibri 76
Abismo de rosas 78
A gorda do Tiki Bar 83
O fim da Fifi 89
Meu pai, meu pai 92
Dá uivos, ó porta, grita, ó Rio Belém 99
O beijo puro na catedral do amor 104
Chora, maldito 109
O grande deflorador 112
Modinha chorosa 116
Com o facão, dói 126

Morre desgraçado 130
Minha vida meu amor 133
Balada do vampiro 135
Capitu sem enigma 140
Curitiba revisitada 146
Quem tem medo de vampiro? 152
[Ministórias] 155
Cantares de Sulamita 170
Arara bêbada 178
No bolso 179
Carnaval curitibano 180
O plano 181
O franguinho 182
O almoço de Natal 183
Balada das mocinhas do Passeio 186
Ei vampiro, qual é a tua? 191
Mundo, não aborreça 194
Lábios vermelhos de paixão 199
Hiena papuda 204
Cara Senhora 205
O velho poeta 206
O escritor 212
Flausi-Flausi 213

Últimas palavras,
por Felipe Hirsch e Caetano W. Galindo 222

Fontes 229

Pedrinho

O menino puxou a saia da mãe e queixou-se da dorzinha de cabeça. Ora, que fosse brincar com o irmão; brincando, a dor passava. Ela já se atrasara com o jantar.
Reuniu-se a família em volta da mesa.
— Onde está o Pedrinho? — perguntou o pai.
— Brincando lá fora — a mulher respondeu.
— Não com a gente — acudiu o irmão.
A mãe chegou à janela:
— Vizinha, não viu o Pedrinho?
Voltando do quarto, o irmão contou que Pedrinho estava lá, no escuro, ele o maior medroso da família.
— De sapato na cama, filho!
O menino tinha o olho aberto no escuro. O pai acendeu a luz, alisou-lhe o cabelo, descalçou o sapato de sola furada.
— Queria um tênis, pai.
— Depois eu compro. Você tem dor?
— Um pouco.
— Sua mãe traz uma sopinha.
Choramingou que não, o olho fixo na lâmpada.
— Não olhe para a luz, meu filho!
O menino pediu que a apagasse.
— Não tem medo?

Sábado frio, de garoa. O pai carregou Pedrinho nos braços até a farmácia da esquina. Resfriado, sentenciava o farmacêutico, depois de espiar a língua do menino. Receitou xarope, uma colher cada duas horas.

Domingo Pedrinho não quis sair da cama. O irmão cansou de puxar-lhe o cabelo, nem chorou. O pai abriu a janela.

— Brincar, Pedrinho?

Gemeu baixinho que não.

— Ainda dor de cabeça?

— Pouquinho só.

— Que conte uma história?

O menino demorava o olho na lâmpada apagada. Não fez nem uma pergunta, prova de que não escutava. Lá fora o irmão corria, aos gritos.

No almoço tomou sopinha, à tarde cochilou. A mãe costurava ao lado da janela e, para saber a hora do xarope, ia olhar o relógio na sala. O relógio antes no quarto, até que o menino fez sinal com a mão — de um dia para outro muito branca.

— O relógio, mãe. Dói...

Doía o tique-taque na cabeça. A mãe afastou o relógio e, de duas em duas horas, dava a Pedrinho uma colher do segundo vidro de xarope. O menino fixava a lâmpada.

Da cozinha a mãe ouviu que a chamava:

— Água, mãe. Água.

— Dói a cabeça, meu filho?

Que sim com a pálpebra, baixando-a no olho vazio. Tateava distraído no ar. Ela dirigiu-lhe a mão, que se fechou no copo.

Acesa a luz, Pedrinho choramingava. Foi enrolada uma folha de papel ao redor da lâmpada. O pai bateu na porta da

farmácia. O menino não estava bem, muita febre, aquela dorzinha de cabeça.
— Não é nada — disse o farmacêutico. — É gripe. Bem atacado da minha bronquite — e começou a tossir, a mão na boca desdentada.
Dia seguinte o menino não quis almoçar. A mãe punha-lhe o copo na mão: ele bebia, olho fechado. Da cozinha ela ouviu:
— André, me dá a bolinha. Mãe, olha o André.
Chegou à porta, o pano de prato na mão.
— Que é, meu filho?
— Nada, mãe.
— Seu irmão aqui no quarto?
— Não, mãezinha. Brincadeira.
A mulher voltou para a cozinha.
— André, dá minha bolinha. Mãe, o André não quer. André me puxando o cabelo, mãe.
Correu até a esquina, veio com o farmacêutico.
— Seu Juca, não acha que pode ser...
— Que esperança, dona!
Ergueu com cuidado a cabeça do menino.
— Ele gemeu?
— Não.
— A senhora viu. Se fosse aquela doença, gritava de dor.
— Não para de gemer, o tadinho.
Às seis horas, de volta do emprego, o pai entrou no quarto.
— Ele gemeu o dia inteiro — advertiu a mulher.
— Que tem o meu hominho?
— Dor, pai.
— Já passa, meu filho.

Não se mexia na cama, muito grande para ele, olho aberto no escuro. Choramingava, ainda dormindo. O pai saltava da cadeira, vinha afagar-lhe a cabeça: pegava fogo.

De manhã pediu as bolinhas coloridas de vidro. Bulia com elas debaixo do lençol.

Tornando do emprego, o pai viu da esquina os vizinhos diante da casa.

— Que demorou tanto, homem de Deus?

A mulher chorava de pé, a cabeça apoiada na parede. Uma vizinha esfregava vinagre nos pulsos do menino desmaiado. Debruçou-se o pai na cama — a criança virou o branco do olho.

— Pedrinho. Pedrinho.

Rilhava os dentes que nem ataque de bichas. Roxo de tanto se retorcer, o corpo em arco da nuca ao calcanhar. Depois de cada convulsão fechava penosamente o olho.

Uma mosca veio importuná-lo, retirou a mão da coberta a fim de espantá-la. Ela corria pelo rosto, o menino dava tapas na orelha. O pai alisou-lhe o cabelo, sem ver a mosca.

— Psiu, psiu... Durma, filhinho.

Com sede, o piá estalava os lábios. A gemer, não deixou que lhe inclinassem a cabeça, rolando-a no travesseiro. Fechava a mão vazia sem alcançar o copo. Súbito um pulo na cama.

— Variando, o pobre — disse a vizinha.

Aquela mosca tornou a voar, ele a espantava com a mão livre. O pai segurou-lhe os dedos.

— Psiu, psiu.

A mãe foi erguer-lhe a cabeça e Pedrinho gritou. De noite, a criança de olho perdido na lâmpada. Com o abajur de papel verde, não lhe doía o olho. A mulher saiu do

quarto, o pai abanou a mão diante do rosto de Pedrinho: estava cego.
Às onze horas o menino voltou a gemer.
— Tem dodói, meu filho?
Rígido na cama, olho preso na lâmpada. O pai chamou a mulher; assim que viu o filho, ela começou a chorar. Debatia--se com a mão livre, um gemido lá no fundo. Engolindo em seco, agitava a cabeça no travesseiro molhado de suor. A boca torta queria morder a orelha como um cachorrinho morde as pulgas.
A mãe rezava de joelho ao lado da cama. Pedrinho de olho parado. Ela soltou um grito:
— Morreu... Meu filhinho morreu!
— Não chore, mulher. Sou o pai, não estou chorando.
O pai deu-lhe banho, com um parente. O menino permaneceu duro sobre a bacia, não se deixou sentar na água. Depois a mãe vestiu-o, nem era domingo: calça azul, blusa branca, paletó de homenzinho. Não calçou o velho sapato. Abraçou-se com ele, que fosse enterrada no mesmo caixão — o filho tinha medo do escuro.
O pai comprou o sapato dois números maiores (nessa idade eles crescem tão depressa). Com o embrulho no braço viu, entre quatro velas acesas, o piá que dormia sobre a mesa. Enfiou no pezinho frio o tênis branco. Ao pentear-lhe o loiro cabelo, a cabeça ainda em fogo. Encolheu-se no canto, acendeu um cigarro. Caiu-lhe o cigarro da boca e partiu-se o coração em sete pedaços.

Uma vela para Dario

Dario vem apressado, guarda-chuva no braço esquerdo. Assim que dobra a esquina, diminui o passo até parar, encosta-se a uma parede. Por ela escorrega, senta-se na calçada, ainda úmida de chuva. Descansa na pedra o cachimbo.
Dois ou três passantes à sua volta indagam se não está bem. Dario abre a boca, move os lábios, não se ouve resposta. O senhor gordo, de branco, diz que deve sofrer de ataque.
Ele reclina-se mais um pouco, estendido na calçada, e o cachimbo apagou. O rapaz de bigode pede aos outros se afastem e o deixem respirar. Abre-lhe o paletó, o colarinho, a gravata e a cinta. Quando lhe tiram os sapatos, Dario rouqueja feio, bolhas de espuma surgem no canto da boca.
Cada pessoa que chega ergue-se na ponta dos pés, não o pode ver. Os moradores da rua conversam de uma porta a outra, as crianças de pijama acodem à janela. O senhor gordo repete que Dario sentou-se na calçada, soprando a fumaça do cachimbo, encostava o guarda-chuva na parede. Mas não se vê guarda-chuva ou cachimbo a seu lado.
A velhinha de cabeça grisalha grita que ele está morrendo. Um grupo o arrasta para o táxi da esquina. Já no carro a metade do corpo, protesta o motorista: quem pagará a corrida? Concordam chamar a ambulância. Dario conduzido de volta

e recostado à parede — não tem os sapatos nem o alfinete de pérola na gravata.

Alguém informa da farmácia na outra rua. Não carregam Dario além da esquina; a farmácia no fim do quarteirão e, além do mais, muito peso. É largado na porta de uma peixaria. Enxame de moscas lhe cobrem o rosto, sem que faça um gesto para espantá-las.

Ocupado o café próximo pelas pessoas que apreciam o incidente e, agora, comendo e bebendo, gozam as delícias da noite. Dario em sossego e torto no degrau da peixaria, sem o relógio de pulso.

Um terceiro sugere lhe examinem os papéis, retirados — com vários objetos — de seus bolsos e alinhados sobre a camisa branca. Ficam sabendo do nome, idade, sinal de nascença. O endereço na carteira é de outra cidade.

Registra-se correria de uns duzentos curiosos que, a essa hora, ocupam toda a rua e as calçadas: é a polícia. O carro negro investe na multidão. Várias pessoas tropeçam no corpo de Dario, pisoteado dezessete vezes.

O guarda aproxima-se do cadáver, não pode identificá-lo — os bolsos vazios. Resta na mão esquerda a aliança de ouro, que ele próprio — quando vivo — só destacava molhando no sabonete. A polícia decide chamar o rabecão.

A última boca repete — *Ele morreu, ele morreu*. A gente começa a se dispersar. Dario levou duas horas para morrer, ninguém acreditava estivesse no fim. Agora, aos que alcançam vê-lo, todo o ar de um defunto.

Um senhor piedoso dobra o paletó de Dario para lhe apoiar a cabeça. Cruza as mãos no peito. Não consegue fechar olho nem boca, onde a espuma sumiu. Apenas um homem morto e a multidão se espalha, as mesas do café ficam vazias. Na janela alguns moradores com almofadas para descansar os cotovelos.

Um menino de cor e descalço vem com uma vela, que acende ao lado do cadáver. Parece morto há muitos anos, quase o retrato de um morto desbotado pela chuva.

Fecham-se uma a uma as janelas. Três horas depois, lá está Dario à espera do rabecão. A cabeça agora na pedra, sem o paletó. E o dedo sem a aliança. O toco de vela apaga-se às primeiras gotas da chuva, que volta a cair.

Duas rainhas

Duas gorduchinhas, filhas de mãe gorda e pai magro. Não sendo gêmeas, usam vestido igual, de preferência encarnado com bolinha. Sob o travesseiro mil bombons, o soalho cheio de papelzinho dourado.

Rosa tem o rosto salpicado de espinhas. Dois anos mais moça, Augusta é engraçadinha, para quem gosta de gorda. Três vezes noiva de sujeitos cadavéricos, esfomeados por aquela montanha de doçuras gelatinosas. Os amores desfeitos pela irmã.

— A Rosa é muito tirana — desculpa a outra sem azedume.

Duas pirâmides invertidas que andassem, largas no vértice e fininhas na base. Manchas roxas pelo corpo de se chocarem nos móveis. Lamentam-se da estreiteza das portas. Sua conversa predileta sobre receita de bolo. Nos aniversários, primeiras a sentarem-se à mesa ou, para lhes dar passagem, todos têm de se levantar.

O terceiro noivo, mais magro, com mais cara de fome, conquista Augusta, apesar da oposição da irmã. Instalados na casa dos pais, Glauco proíbe-a de acompanhá-lo ao portão. Não a leva ao baile, queixa-se de que nela todos esbarram. No cinema, as suas carnes opulentas extravasam da cadeira. O marido, inquieto, vigia a todo instante o vizinho.

Segue-o ao banheiro, enquanto ele faz a barba. Fechados no quarto, não saem senão para as refeições.

— Já se viu — exclama Rosa para a mãe — que pouca-vergonha!

O marido quase não dorme — transborda Augusta do leito —, embevecido a vê-la roncar. Por insinuação dele, preocupa-se com as formas. Ela perde alguns quilos, Rosa engorda. Saem juntas para as compras.

— A senhora está esperando? — pergunta a caixeira para Rosa. — De quantos meses?

— Minha irmã que...

Augusta tricoteia casaquinho de lã, que nunca termina. Com dor no coração soube o marido que é falsa gravidez — ela come escondida. Cada gaveta, manancial de gulodice. Então a arrasta em longas caminhadas; a moça tropeça de pé inchado e, de esfregar uma na outra, em carne viva a coxa roliça.

Glauco deu para beber. Recusa-se a fazer visita, desconfia do riso às suas costas.

— Você tem vergonha de mim — choraminga Augusta.

— Que bobagem, meu bem.

— Tem, sim.

— Se ao menos evitasse bolinha no vestido.

— Bem avisei — suspira Rosa. — Esse casamento não dava certo.

Ele tentou aliança com o sogro. Discutiu com Augusta, Rosa e a sogra, dona Sofia. A moça chorou, fez dieta e perdeu dois quilos, que recuperou semana seguinte.

Sempre beliscando algum petisco e anunciando uma para a outra:

— Amanhã é dia de regime!

Lambiscam e recordam os sonhos. Nenhuma borboleta ou esquilo. Todos os bichos proporcionais: rinoceronte, foca, hipopótamo. As noites de Rosa agitam-se de cavalos empinados relinchantes. Augusta prefere um elefante branco:

— O elefante chegou, ergueu as patas, riu para mim.
— Não se olhe tanto ao espelho — resmunga o marido.

Uma tarde explode o escândalo. Dona Sofia e Augusta vão ao dentista, na volta encontram Rosa em pranto. Glauco investiu, derrubou-a no sofá, aos gritos e beijos:

— Minha rainha das pombinhas!

Ai de Augusta, só quer morrer: entre golinhos do licor de ovo, ingere punhado de pílulas, catando azuis e cor-de-rosa, enjeitando as amarelas — língua babosa, de porrinho, jura eterna viuvez.

Agora as duas no quarto do casal. O marido, esse, no de hóspede. Chega tão bêbado que dona Sofia lhe tira o sapato e deita-o vestido. Cada uma engordou cinco quilos — abaixo do joelho enrolam a meia na liga.

— Viu o Glauco?
— Magro que dá pena.

Abanam-se com ventarola. Mordiscam bombom prateado de anisete:

— Não sei onde com a cabeça.
— Gente magra é tão feia!

Contemplam-se orgulhosas: bem pequeno o pé torneado com roscas de mesa antiga de jacarandá.

— Amanhã dia de regime — anuncia Augusta, em nuvem de talco para evitar queimadura nas dobras.

Depois do almoço ficam de pé para facilitar a digestão. Sem encostar no peitoril, dói o estômago dilatado. Mãos apoiadas na janela — uma janela para cada uma —, vendo a gente magra e feia que passa.

— Que tal pedacinho de goiabada? — sugere uma delas.

Derrete-se a guloseima na língua. Rosa tremelica o papo rubicundo. Suspendendo a perna com duas mãos, Augusta cruza os joelhos.

Cemitério de elefantes

À margem esquerda do Rio Belém, nos fundos do mercado de peixe, ergue-se o velho ingazeiro — ali os bêbados são felizes. Curitiba os considera animais sagrados, provê as suas necessidades de cachaça e pirão. No trivial contentam-se com as sobras do mercado.

Quando ronca a barriga, ao ponto de perturbar a sesta, saem do abrigo e, arrastando os pesados pés, atiram-se à luta pela vida. Enterram-se no mangue até os joelhos na caça ao caranguejo ou, tromba vermelha no ar, espiam a queda dos ingás maduros.

Elefantes malferidos, coçam as perebas, sem nenhuma queixa, escarrapachados sobre as raízes que servem de cama e cadeira. Bebem e beliscam pedacinho de peixe. Cada um tem o seu lugar, gentilmente avisam:

— Não use a raiz do Pedro.

— Foi embora, sabia não?

— Aqui há pouco...

— Sentiu que ia se apagar e caiu fora. Eu gritei: *Vai na frente, Pedro, deixa a porta aberta*.

À flor do lodo borbulha o mangue — os passos de um gigante perdido? João dispõe no braseiro o peixe embrulhado em folha de bananeira.

— O Cai n'Água trouxe as minhocas?

— Sabia não?
— Agora mesmo ele...
— Entregou a lata e disse: *Jonas, vai dar pescadinha da boa.*
Lá do sulfuroso Barigui rasteja um elefante moribundo.
— Amigo, venha com a gente.
Uma raiz no ingazeiro, o rabo de peixe, a caneca de pinga. No silêncio o bzzz dos pernilongos assinala o posto de um e outro, assombrado com o farol piscando no alto do morro. Distrai-se um deles a enterrar o dedo no tornozelo inchado. Puxando os pés de paquiderme, afasta-se entre adeuses em voz baixa — ninguém perturbe os dorminhocos. Esses, quando acordam, não perguntam aonde foi o ausente. E, se indagassem, para levar-lhe margaridas-do-banhado, quem saberia responder? A você o caminho se revela na hora da morte.

A viração da tarde assanha as varejeiras grudadas nos seus pés disformes. Nas folhas do ingazeiro reluzem lambaris prateados — ao eco da queda dos frutos os bêbados erguem-se com dificuldade e os disputam rolando no pó. O vencedor descasca o ingá, chupa de olho guloso a fava adocicada. Jamais correu sangue no cemitério, a faquinha na cinta é para descamar peixe. E, aos brigões, incapazes de se moverem, basta xingarem-se a distância.

Eles que suportam o delírio, a peste, o fel na língua, o mormaço, as câimbras de sangue, berram de ódio contra os pardais, que se aninham entre as folhas e, antes de dormir, lhes cospem na cabeça — o seu pipiar irrequieto envenena a modorra.

Da beira contemplam os pescadores mergulhando os remos.

— Um peixinho aí, compadre?

O pescador atira o peixe desprezado no fundo da canoa.
— Por que você bebe, Papa-Isca?
— Maldição de mãe, uai.
— O Chico não quer peixe?
— Tadinho, a barriga-d'água.

Sem pressa, aparta-se dos companheiros cochilando à margem, esquecidos de enfiar a minhoca no anzol.

Cospe na água o caroço preto do ingá, os outros não o interrogam: presas de marfim que apontam o caminho são as garrafas vazias. Chico perde-se no cemitério sagrado, as carcaças de pés grotescos surgindo ao luar.

O coração de Dorinha

Magra, pálida, olho arregalado, Dorinha pode morrer de uma hora para outra. Dona Iraide, abandonada pelo marido, adora a filha, quer para ela tudo o que não teve. Matriculou-a no colégio das freiras e depois na Escola Normal, onde se diplomou com distinção.

— Mãe, o coração para de repente...

O coração suspenso, nunca mais o escuta. Perde o pulso, formiguinha que desaparece na manga do casaco. A mãe acode com as gotas de coramina.

Menina feia, dente amarelo, longa trança negra no pescoço de brancura fria. No baile, dona Iraide segue aflita as evoluções da filha. Dorinha jamais dançou o bis. Ofegante no fim da valsa, o rosto sem pingo de sangue. Na mão tremida a luva de crochê disfarça a unha roxa.

Dorinha ama o bailarino, o artista de cinema, o cantor de rádio, de todos apaixonada. Suspirando por algum rapagão, eis a parada no peito. Gasto o pequeno coração de tanto amor, até pelos alunos vive enfeitiçada. Na penumbra do cinema, a custo se retém de beijar o velho barbudo ao lado.

Conselho do médico, dona Iraide sai com a filha em lenta caminhada — aos dezoito anos branqueia, ó não, o maravilhoso cabelo.

Na tarde cinza de inverno chega febril em casa. O guarda-pó dobrado no braço, pendura-o no cabide do corredor. Abraça a mãe sentada à máquina de costura.

— Que beijo frio, minha filha...

À janela, afasta a cortina de chita com bolinha, espia um dos viúvos tristes. Volta-se para dona Iraide e, a mão no peito, cai morta.

Com os gritos a casa enche-se de gente:

— Minha filha, acuda. Que é que eu faço, meu Deus?

Acorre o médico e constata o desenlace. Dona Iraide não se conforma, as mãos juntas:

— Faça qualquer coisa, doutor. Salve minha filha!

Na hora do enterro desaba violenta chuva. Atrás do caixão branco, dona Iraide sem abrigo, a cabeça nua. As colegas de Dorinha, sapato na mão e risinho fagueiro, saltam nas poças.

Gemendo de aflição, dona Iraide é lamentada pelas velhas na janela. Os retardatários unem-se ao cortejo, únicos de guarda-chuva. Dilúvio despeja-se do céu, grossos pingos batem com fúria no caixão.

Encomendado o corpo na igreja, e ainda com chuva, dona Iraide acompanha a filha ao cemitério. Na sepultura do padrinho aberta uma cova, cheia de água suja. Com aquela água, a mãe não permite que enterrem Dorinha — o vestido ficaria estragado. A chuva cai torrencialmente. Dois coveiros com baldes procuram esvaziar a fossa. Pede-me dona Iraide que cubra a filha com o guarda-chuva.

Impossível esgotar o buraco, sempre um pouco d'água no fundo. Enfim a mãe consente que baixem o ataúde. Dispersa-se o povo, sacudindo a terra vermelha dos sapatos.

Dona Iraide vai para casa e não dorme: o quadro do caixão na água. Com permissão do prefeito, manda erguer às pressas um túmulo no alto do cemitério. Na tarde gloriosa de sol assiste à exumação. Desenterrado o esquife, exige que seja aberto, se a filha não está molhada. Os coveiros recuam, ela penteia a cabeleira grisalha da moça. Então voltou em paz para casa.

Ismênia, moça donzela

Saudações.
Dr. Antônio, desculpe a ousadia de escrever, ontem fiquei arrependida de não confessar a paixão que sinto, porque tive vergonha, vejo que o senhor é casado e pai de tanto filho, acho que isso não tem importância, a gente sabe de muita dona casada gostando de outro, quanto mais eu que sou moça donzela, a diferença é que não sou correspondida.
Venha na mesma hora, espero no portão e mamãe não vê.
Se o doutor não vier é sinal que não tem a mínima simpatia.
Sem mais, sua criada obrigada,
Ismênia.

P.S. Desculpe os erros que estou um pouco nervosa.

***

Querido Antônio.
Eu escrevo este bilhete, não posso suportar este amor. Olha, Antônio, de hoje em diante farei os teus desejos. Só se você me estimar como tua amante, não me deixe faltar nada e nunca me abandone.

Te espero às três horas, no lugar de sempre. Não quebro o juramento que fiz, mas você não sei, Antônio.
Sempre fiel,

Ismênia.

P.S. De há muito pedi o teu retrato, não serei merecedora? Sofrendo do estômago, tudo por causa do nosso amor. Mande um dinheirinho pelo menino para comprar remédio. Sonhei a noite toda que me traías e não me querias mais, será?

***

Estimado Antônio.
Saudações.
Esta carta será a última que minha mão te escreve. Ontem choveu teve desculpa, hoje uma bonita noite, esperei até as nove horas, você não veio e sei que sou desprezada.
Ou por que a velha não saiu da sala? Ela pode ficar lá na cozinha. Não se faça de rogado, Antônio. Que horror, depois de combinado você se arrepender, venha sim?
A que há de ser tua,

Ismênia.

P.S. Peço um dinheirinho pelo menino, estou apurada para pagar uma conta e a pessoa esperando aqui.

***

Antônio.
Te peço por esmola, já que não quer o meu amor, um dinheirinho para eu dar por uma prestação, o turco veio aqui com desaforo, estou louca de tristeza.

Olha, Antônio, resolvida a ser tua de corpo e alma, não quero que me dê roupa, joia, perfume. Só o aluguel da casa, já fico satisfeita, o resto Deus há de acudir mamãe.
Venha que eu espero, hoje, hoje. A que será tua,
Ismênia.

P.S. Não ligue os erros e acentos. Falei com mamãe, ela está de acordo.

***

Querido Antônio.

Estou perdidamente triste, pensando nesta vida amarga, fiz o trato de ser tua, você ajudava um pouco, oito dias que não me aparece, acho que se arrependeu e não me quer mais.

Sou a mesma,
Ismênia.

P.S. Um pequeno favor eu peço, a caridade de entregar ao menino qualquer importância, a velha tem de pagar umas continhas, amanhã é a extração do dente, amanhã sem falta.

Desculpe o lápis, acabou a tinta, anjinho meu.

***

Meu inesquecível Antônio.

Não seja traidor, não iluda um pobre coração, você me enganou e não vem matar esta paixão, você é mesmo mau, não quer o meu amor, não é longe, sei que está com raiva de mim.

O que te fiz, Antônio, que se tornou tão ingrato? A dona reclama o aluguel, não queria te incomodar. Passei o dia

bem amolada, escrevo esta cartinha com lágrima nos olhos, as letras não estão borradas?
Antônio, quero ser tua, inteirinha tua, e que seja meu também.

Ismênia.

P.S. Desculpe o papel e o envelope, é efeito da crise.

***

Meu inesquecível Antônio.
Tão triste, quase para desistir da vida, não dormi nada, pensando na desgraçada sorte, cinco dias não vem aqui, sei que não mereço teu amor, sou humilde, e tu és um Doutor! O mundo sorri diante de ti, antes não vinha por causa da lama, com estas noites de luar por que não vem?
Antônio, resolvi mandar a velha, se você me empresta algum dinheiro, bem doente com uma forte gripe e muito magra, precisei ir ao médico, não sei o que seria de mim, um remédio caro, sem recurso não posso pagar, se acaso empresta o dinheiro mande por mamãe, se não puder tudo mande pelo menos um pouco.
A sempre fiel,

Ismênia.

P.S. Antônio, se me quer morta, é que não vem hoje. Não fique zangado. Por você dou até minha salvação, quero ser tua de alma e corpo e vida.

***

Saudações,

Queridinho, te mando esta cartinha para saber notícia, tenho muita saudade, sabes que não posso sair de casa por causa do meu amigo. Coisinhas do outro mundo para te contar.

Antônio, ele não me deixa sair, até apanhei uns tapas, você é e continua sendo meu primeiro amor, há de perdoar a traição que te fiz.

Não mereço tua raiva, sei que sou inocente, fui iludida pela falsa lábia do bandido, agora está desempregado, não tenho mesmo sorte, por favor mandes algum dinheiro pelo menino, que eu preciso demais, a tua

Ismênia.

P.S. Meu bem, à tarde ele não estará em casa, pode vir sem medo. Espero às três horas no portão e serei tua, inteirinha tua.

***

Antônio, pensa que não sei do caso com uma dama casada? pelo amor de teus filhos não fales no meu nome para essa sujeita que só prejudicou o nosso amor, você homem sem caráter, o tempo de tratar de negócio como doutor de respeito andas atrás de qualquer uma, tenho fé nas forças do inferno que todo o mal há de cair sobre ela e você, andou se gabando de mim, não esperava fosses tão ingrato, Antônio pense bem no que vai ser de mim, fui abandonada pelo meu amigo, não sei se sabias que me deixou em estado interessante, coragem não tenho para fazer-te mal, espero com resignação que Deus se vingará por mim, já tive amor por ti, jurei que meu coração puro era só teu, o nosso amor segundo tu dizes era o pó que a gente limpa do sapato, não faz mal, uma coisa você não pode dizer, que tenha sido tua, pois tua eu nunca fui, preciso cortar a tua língua comprida, falador não tens mais o que falar? quanto mais velho mais sem juízo, eu te odeio até a morte, nunca te perdoo de me trocares por uma qualquer, hei de mostrar como se dá o desprezo, sou feliz e serei até morrer, gozando na vida, invejada por você e sem mais aceite um abraço desta que te odeia.

P.S. Não assino porque é indigno do meu nome.

A noite da paixão

Nelsinho corria as ruas à caça da última fêmea. Nem uma dona em marcha vagabunda, os bares apagados. Na estreita calçada esbarrou com dois vultos, depressa levou a mão ao bolso. Haviam-no apalpado com dedo indiscreto, não eram ladrões. Voltou-se e lá estavam, gesto lânguido, voz melíflua:

— Onde vai, bonitão?

Aqueles dois chamariam bonitão a qualquer bicho da noite. Dobrando a esquina, deu com a pracinha do bebedouro antigo — onde as mariposas?

A igreja quase deserta, imagens cobertas de pano roxo. Sem se persignar, Nelsinho avançou pela nave, o ranger da areia debaixo do sapato. Arriado de sua cruz, ali o velho Cristo, entre quatro círios acesos. No banco as megeras, véu preto e preta mantilha, olho à sombra da mão na testa. Uma prostrou-se no cimento, depositou beijo amoroso na chaga do pé.

Nelsinho escolheu a nota menor, deixou-a cair na bandeja. Espreitado pelas guardiãs ferozes do defunto, completou o giro, sovina de beijo. Observou a imagem pavorosa e reprimiu, não soluço de dor, engulho de náusea: Por tua culpa, Senhor, todos os bordéis fechados. Pomposa boneca de cachinho. Falas de sangue, ó Senhor, e não sangras — as viúvas nem espantavam as moscas na ferida aberta.

Escândalo das beatas, inclinou-se a visitante, saia preta, blusa verde, casaco vermelho. Cabeleira solta no ombro, cada gesto um estalo de couro, beijou o pé trespassado. Não olhou para Nelsinho; por mais que se ignorassem, eram os escolhidos. O herói atravessou o templo, deteve-se nos três degraus. Com a estiagem, brilhavam no largo abandonado as lisas pedras negras. A seu lado o furtivo farfalhar da courama. Fixando em frente, ele murmurou:
— Onde é que a gente vai?
— Ali na esquina.
Pequena pausa.
— Quanto tempo?
— O resto da vida, Madalena.
Desceram os degraus, a bela transferiu a bolsa para o ombro esquerdo, enfiou-lhe a destra no braço. Ele indicou um casarão decrépito:
— Sabe quem mora aqui? A grande paixão da minha vida — uma tal Marta. Casada com um bancário, Petrônio.
— Não fique triste, querido. Todinha do amor. Foi bem de Páscoa?
— De Páscoa ainda não fui.
— Ah, eu pensei... Não é hoje a Páscoa?
— Hoje é sexta-feira, minha flor. Que horas são?
— Quase onze.
— A própria noite da paixão. Amanhã é Aleluia.
— Que a gente ganha ovos?
— Dia de malhar Judas. Porventura sou eu, Senhor?
Envergonhada, apertou-lhe o braço:
— É, sim, meu bem.
No fundo do corredor uma harpia nariguda atrás da mesa.
— Vão pousar?

Os quartos da frente reservados por meia hora.

— Meu tempo está no fim.

A velha pediu à dama de couro a revista, que repontava da bolsa, e apanhou no escaninho a chave número nove. Nelsinho estendeu uma nota para a bruxa, apoiou-se na escrivaninha. A revista disputada entre as duas até que, sem aviso, a patroa correu o tampo e prendeu-lhe o dedo.

— Machucou, bem? — acudiu a velha, jubilosa, revista na mão.

— Não — com uma careta de dor soprava a unha.

— Foi sem querer.

Entregou a chave à sua companheira e o troco para ele. Lá se foram os dois para o famoso quarto, a cama de casal encostada à parede. Ao canto, a bacia no tripé; debaixo dela, o jarro com água. Cabelo no olho, a mulher não se mexia.

— Que foi?

— Tão triste que podia morrer.

A patroa confiscara a fotonovela, nunca mais iria devolver.

— Devolve, sim.

— Não é a primeira vez.

Ele suspendeu-lhe o queixo. Escondia o rosto, até que o olhou e sorriu, amorosa. Com susto, descobriu que era banguela. Nem um dente entre os caninos superiores — terei de beber, ó Senhor, deste cálice?

Para esconder a perturbação foi fechar a porta. Mal se voltou, ela veio ao seu encontro, envolvendo-o em couro úmido e carne rançosa. Que será de mim, Deus do céu? Pobre consolo, imaginou a dona mais fabulosa na cama. Esperança de ganhar tempo:

— Não tem medo, minha filha?

— De você, querido?

— Castigo do céu. A noite santa. O amor é maldito.
— O perdão dos meus pecados. Lá na igreja.
— Não minta, vai para o inferno. Quantas vezes entrou e saiu da igreja? À caça de homem.
— Deus me livre!
 Agarrou-lhe a cabeça:
— Tão mocinho! Lábio grosso de mulher... Beijar tua boca.
— Se fosse o diabo? Perder a sua alma?
— Conversa é essa? Não gostou de mim. É isso?
 Olho frio e perverso que, a uma palavra indiscreta, se incendiaria de fúria. O herói acovardou-se — a salvação é apagar a luz.
 Desvencilhou-se dela, sacou o paletó, sentou-se na cama. A tipa conchegou-se, repuxou-lhe a cabeça, entrou a mordê-lo: ali no pescoço a falha dos dentes.
— Te morder todinho.
— Faça isso não — suplicou, espavorido.
— Tirar sangue!
 Montada nos seus joelhos, completamente vestida, os pinotes faziam estralar a cama.
— Tome e coma: isto é o meu corpo.
— Você o amigo da Joana?
— Nem Joana nem Suzana.
— Então é meu.
 Nelsinho abriu-se em sorrisos — eis o homem! Não quis perder o entusiasmo, pôs-se de pé. Abriu o laço da gravata. Ela puxou-o pela camisa e, à sua mercê, voltou a cavalgá-lo, sela nova rangendo. Ao retirar o casaco, a desgraçada fedia que era uma carniça. Inclinou-se sobre ele, o cadáver no caixão velado pela última carpideira.
— Teu corpinho feito para o amor?

— Esta noite, minha filha, o amor é pecado. Esta noite ele gera monstros.

— Tem a lábia do diabo.

— Tu o disseste — e entregou-se ao sacrifício.

— Quer que eu faça?

Agarrada a ele, sentados na cama, a saia acima do joelho, esfregava-lhe a perna grosseira e áspera.

— Que eu faça? — gritou terceira vez.

Na agonia do amor, sofresse até o último alento.

— Faça tudo, querida.

— Tudo o quê?

— O que sabe.

Apressada, desabotoava-lhe a camisa. Riscou-lhe nas costas a unha afiada — a do mindinho mais longa. Antes que refletisse no mistério, a sua voz impaciente:

— Apago a luz?

Cheio de medo, pediu que não. Debaixo dela, debateu-se em desespero:

— Espere um pouco. Perdi a abotoadura.

Tirou a camisa, de calça e meia. Foi acariciar-lhe o seio. Espantou-se da expressão distante, já desinteressada da cerimônia.

— Não esqueceu?

— Ah... Não te paguei?

Alcançou no bolso da calça uma nota, que ela escondeu no casaco. Sem mais demora, livrou-se do suéter. A decisão dela contagiou-o: Faça-se o que deve ser feito.

Diante da penteadeira, a bela admirou a imagem grotesca do poder e da glória:

— Tiro tudo?

Desatava o nó do cadarço, ergueu a cabeça:

— Tudo.

Ele subiu na cama para não arrastar a calça no pó. A mulher dobrou uma perna, depois outra, safando-se da saia preta de couro — a coxa com nervura azul de varizes. Sentou-se para enrolar as meias. Deixou cair o sutiã. Foi deslumbrar-se no espelho, o seio na mão. Buscou ali o olhar de Nelsinho — depressa ele o desviou. A criatura deu volta à cama. Enroscou-se nele, as unhas pelo corpo, estremecendo-o todo. Enfiou-lhe a língua na orelha — Que se faça tua vontade, Senhor, e não a minha.

Ao vê-lo deitado, grudou-lhe a boca no peito, lambeu a maminha: Poxa, isso que é mulher! Desceu a cabeça, sempre a beijar e, na altura do umbigo, rincho obsceno. Aos beijos tornou ao pescoço, logo arrepiou caminho e, no umbigo, outra vez o relincho de satisfação. Preparando para o sacrifício, espargia no corpo o bálsamo aromático. Agora fazia-lhe cócega no pé, escondendo-o no longo cabelo. O focinho rapace farejava a prenda secreta.

— Não morda.

Naquele instante ela abocanhou o queixo. Só sentia a língua. Aos poucos babujava e titilava ao redor da pombinha do amor — vai morder?

— Pare! — resistiu com toda a força. — Não faça isso.

Ela voltou a sugar o queixo. O herói alerta ao vazio dos dentes. Aterrado, defendeu-se com a mão no pescoço. Súbito a mulher recuou a cabeça. Cobrou fôlego, veio de novo, fungando. Quis morder, ele não deixou. Suspensa nos braços, o cabelo arrastando na colcha, todinha nua. A sacolejar o estrado, esfregava-lhe no peito os seios volumosos. Também nu, de meia preta, o rosto lambuzado de mil beijos. Sem jamais colher a flor do desejo, ela urrou de frustração — cravou-lhe os caninos no pescoço. Nelsinho alçou-se nas mãos, com ela aferrada ao ombro.

— Tiro sangue.

— Agora chega.

— Você não escapa — e encarniçava-se na perseguição feroz.

Último alento, berrou espavorido:

— Tem água aí? — Mal se acreditou livre, suspirou com alívio. — Encharcado de suor.

A criatura jogou-lhe uma toalha. Trouxe o jarro com água, retirou uma bacia de baixo da cama. Ele deu-lhe as costas, esfregava as mãos no sudário viscoso, ouvia o chapinhar na bacia. Sentiu comichão no pé, o bicharoco pedia a toalha. Quando percebeu, instalada outra vez a seu lado. Pudera, reclamava o beijo.

— Estou perdido! — gemeu do fundo da alma.

Ela começou tudo de novo. Corria a unha na espinha, ele se retorcia inteiro. Pastava-lhe o pescoço, lambia o mamilo, com sopro e relincho.

— Pare com isso! — E ao ver-lhe a expressão medonha: — Mais devagar.

— Antes queria, não é?

Todos dormem, ninguém me acode: agora fecho os olhos e desmaio de tristeza.

— O galo cantou três vezes.

Emburrada, a mulher coçava as perebas. Não se passou um minuto, a deslizar-lhe a mão furtiva no peito, logo na barriga. Soergueu-se no cotovelo.

— O corpinho dele. Tão magro e branco. O do outro.

Apoderou-se da mão, dava-lhe mordida ligeira. Nelsinho sofria o oco dos dentes. Implacável, ela insistia no encalço da boca. Aos poucos abateu-lhe a resistência — Deus meu, Deus meu, por que me desamparaste?

Em cheio a ventosa obscena, ó esponja imunda de vinagre e fel. — Está consumado.

Um grito selvagem de triunfo, beijava-o possessa, olho aberto. Ele apertou a pálpebra, não ver a careta diabólica de gozo.

Cada um levantou-se de seu lado. Já vestido, abriu a porta, sem se despedir. A mulher não envergara a primeira peça de couro.

O relógio da torre anunciava o fim da agonia. Na rua deserta as badaladas terríveis rasgaram o silêncio de alto a baixo. Nelsinho suspendeu o passo, a terra fugia a seus pés:

— Sou inocente, meu Pai.

Debaixo da Ponte Preta

Noite de 23 de junho, Ritinha da Luz, dezesseis anos, solteira, prenda doméstica, ao sair do emprego, dirigiu-se à casa de sua irmã Julieta, atrás da Ponte Preta. Na linha do trem foi atacada por quatro ou cinco indivíduos, aos quais se reuniram mais dois. Então violada por um de cada vez e abandonada entre as moitas. Seu choro atraiu um guarda-civil, que a conduziu até a delegacia.

A menina nunca tinha visto os homens, não sabia a que atribuir o assalto. Nem qual foi o primeiro, agarrada e derrubada, a cabeça coberta. Arrastada pelo chão, fortes dores nos seios e nas partes. Que não gritasse por socorro, barbaramente espancada. Apresentou-se com saia de seda preta e blusa vermelha de malha, sujas de lama. No corpo, além de muitas feridas, folha seca, grama e barro. A hora lá pelas dez ou onze.

Miguel de Tal, quarenta anos, casado, foguista, largou o serviço às dez e meia. Ao cruzar a linha do trem, avistou três soldados e uma dona em atitude suspeita. Sentiu um tremendo desejo de praticar o ato. Aproximou-se do grupo e, auxiliado pelos soldados, agarrou a desconhecida, retirando-lhe a roupa e com ela mantendo relação, embora à força. Derrubou-a e, para abafar os gritos, tapou-lhe o rosto com o casaco de foguista. Saciado, ajudou os soldados que, cada um por sua vez, usaram a moça, observados a distância por alguns curiosos, até que dois deles também se serviram da negrinha.

Miguel, arrependido do mau gesto, se oferece para casar com a menina, só na delegacia soube chamar-se Ritinha, isto é, tão logo apronte os papéis do desquite, de momento é casado.

Nelsinho de Tal, menor, treze anos, estudante, na noite de 23, conversando debaixo da Ponte Preta com seu primo Sílvio e dois rapazes, deparou três soldados e um paisano atacando uma negrinha, a qual foi atirada ao chão, em seguida desfrutada pelo civil e, por causa dos gritos, tinha um casaco na cabeça. Ele chegou-se meio desconfiado. Depois do paisano, a vez dos três soldados e, afinal, a de Nelsinho, seguido de Antônio.

Acabada a brincadeira, voltavam satisfeitos para casa, foram presos e conduzidos à delegacia, Nelsinho se confessa contrariado, atribuindo sua atitude à pouca idade que tem, ações como a que praticou apenas servem para estragar o futuro de um jovem.

Alfredo de Tal, vinte anos, solteiro, soldado, achava-se à noite debaixo da Ponte Preta, na companhia dos colegas Pereira e Durval. Após algum tempo, Durval abordou uma menina, com quem se dirigiu ao mato próximo. Logo Alfredo e Pereira seguiram o companheiro e, um depois do outro, desfrutaram a rapariga. Prestes a partirem, um indivíduo se apresentou como guardião da estrada e, em troca do silêncio, exigiu que segurassem a moça. Então a arrastaram para lugar escondido, onde ninguém escutasse os gritos. Chegaram dois rapazes, um deles de treze anos e, ajudados por todos, se aproveitaram da negrinha. Como era tarde, Alfredo retirou-se com os colegas para o quartel. Só na manhã seguinte soube da confusão, em vista da ordem para comparecer à delegacia.

Durval de Tal, dezenove anos, solteiro, soldado, achava-se com dois amigos perto da Ponte Preta, onde esperava alguma mulher, para com ela passar a noite. Apareceu uma fulana, com quem foi para o mato, a menina gostou do seu cabelo loiro e olho azul. Aproximaram-se os colegas, um de cada vez abusou da pequena.

De repente surgiu um cidadão de maus bofes que, intitulando-se guardião da estrada de ferro, demonstrou grande interesse em participar da festinha, para desgosto da menina, que não se agradou do seu nariz chato, bigode ralo, dente estragado. Arrastaram a negrinha, onde os gritos não fossem ouvidos. Chegaram dois rapazes que, auxiliados por todos, serviram-se à vontade. Satisfeitos, retiraram-se Durval e os colegas para o quartel.

Pereira, dezoito anos, solteiro, soldado, encontrava-se às dez da noite na Ponte Preta, com seus colegas Alfredo e Durval, quando por ali passou a menina, tendo um deles exclamado: *Que morena linda*. A qual parou e perguntou o que havia dito. Começaram a conversar, Alfredo a convidou para dormirem juntos. Ela respondeu: *Este loiro tem tempo*. Não ia dormir com ninguém, mas podia acompanhá-la. Alfredo saiu com ela, seguidos a distância pelos outros. No muro da estrada de ferro, estacaram. Feita a combinação, entraram no mato. Ela quis dinheiro, não a puderam pagar, estavam de bolso vazio. Saíam do campinho, chegou o guarda da estrada: *Já que foi com os praças, tem de ir comigo*. A mocinha acudiu: *Olha o azar* e *Sai, fedor*.

O morenão enfarruscado insistiu em desfrutar a menina, sendo repelido. Foi derrubada na grama. O tipo afogou-lhe o pescoço, ela chorava e se descabelava de gritar.

Sílvio de Tal, menor, quinze anos, estava com o primo Nelsinho debaixo da Ponte Preta, viu quando a menina passou por ali. Os soldados disseram algumas gracinhas. Um deles a convidou para ir a um quarto, ela respondeu que no campinho era melhor. Foram todos para o campinho. Até que apareceu um paisano e insistiu em abusar da mocinha.

Ao longo da estrada de ferro, Miguel deu com três soldados e uma vagabunda, que com eles mantinha relação. Sentiu grande vontade de participar da brincadeira, propôs o negócio para a mulher. Esta ofendeu-lhe os brios de homem ao injuriá-lo de — *Cafetão, cagueta, corno manso.* Indignado, decidiu provar que era homem. Segurou-a com o auxílio dos soldados, mas não praticou o ato, em vista do estado nervoso. Os soldados taparam a boca da menina a fim de abafar os gritos.

O primeiro a desfrutar a mocinha foi Durval, o segundo Alfredo, o terceiro Pereira, o menor Nelsinho foi o quarto e ele, Miguel, o quinto. Ritinha submeteu-se de livre e espontânea vontade ao desejo dos outros, quando chegou a sua vez quis se negar, agarrando-a para não ficar desmoralizado perante a família.

Ritinha estava chorando debaixo da Ponte Preta. Não sabia quem lhe havia feito mal, um dos soldados lhe enfiou a túnica na cabeça. Foram apontados pelo moleque José que de longe viu tudo. Quinze dias que o pai de Ritinha morreu de tumor na barriga. Deflorada havia um mês por um soldado loiro de nome Euzébio.

A casa é de madeira pintada de amarelo. A patroa uma senhora gorda, baixa, morena. Ritinha limpa a casa, lava a roupa, faz todo o serviço. O marido da patroa chama-se Artur. Ela cuida da filhinha do casal. Quando a criança chora, suspende-a de cabeça para baixo, a pestinha perde o fôlego, bem quieta. A patroa deu-lhe um sapato velho e vendeu-lhe dois vestidos, que descontou do ordenado.

Ela não pediu dinheiro aos três soldados, um deles muito simpático, cabelo loiro. Chegou o guardião e disse que pulasse o muro, na estrada de ferro era proibido passar. Ritinha saltou o muro e, atrás dela, os quatro homens, logo seis ou sete. A menina se pôs a chorar, o que atraiu o moleque José, espiando de longe.

O guarda mal-encarado bradou: *Tem de conhecer homem senão te mato. Primeiro foi o Durval, depois o Alfredo, em seguida o Pereira, agora a minha vez, oba!* Ritinha começou a gritar e quis correr, foi agarrada pela perna.

Os tais a derrubaram do outro lado do muro. Fizeram o que bem quiseram, largada bastante ferida no seio e nas partes, até que o guarda-civil a encontrou, queixosa de frio e dor.

O guarda-civil Leocádio, ao passar debaixo da Ponte Preta, viu uma negrinha chorando.

Onde estão os Natais de antanho?

Insinua-se pela cortina de veludo vermelho — úmida e pegajosa —, afasta a mão com nojo: filho bastardo do rei Midas, tudo o que toca se desfaz em podridão. No rosto o bafio quente da sala; entre casal suspeito e velho pervertido é o seu abrigo.

Senta-se na última fila, os pés sobre cascas de amendoim, pipoca, papel de bala. Alheio às sombras na tela, enfrentará a passagem do Natal.

Escorraçou-o do bar a celebração ruidosa dos bêbados. Mais que ela, dois olhos aflitos no espelho da parede... Exílio de negridão viciosa, no cinema está defendido. Distingue a tosse do guarda que, vez por outra, circulando no corredor, assusta os casais de tarados. No canto, a lâmpada amarela sobre a cortina que, ao ser erguida, espalha nuvem fétida; pela sua agitação incessante, o interesse do público é mais lavar a mão do que assistir ao filme.

Entorpecido de álcool e do ar corrupto, cabeceia na cadeira dura. Uma voz melíflua pede-lhe docemente licença, enrosca-se no seu joelho — de todas as cadeiras vazias escolhe a do lado. Sonolento, mal sustém a pálpebra aberta. Mascando e soprando a goma de bola, o mocinho a explode com beijo obsceno.

Patinhas de mosca na face, João espanta-a com a mão. Mosca não, o óculo brilhoso da criatura grudado no seu rosto: uma loira de voz rouca senta-se na cama. Estende a perna roliça, que o tipo lhe descalce o sapato. Ele arranca brutalmente o sapatinho dourado. *Não é assim, meu amor, assim não.* Repete o mocinho no sopro da bola:

— Não gosto de bruto.

O herói resmunga, a camisa estraçalhada de mil tiros — por amor dela bateu-se com o vilão? A loira estira a outra perna: *Não sou a sua gatinha?*

— Gatinha não sou? — a queixa lamuriosa ao lado.

Com as duas mãos, o tipo a descalça e beija a ponta do pé. *Bem assim, meu amor. Sabe ser gentil.*

O olho do mocinho escorre-lhe no rosto — baba fosfórea de lesma —, sem perder a legenda:

— Vai ser gentil, amor?

O durão de pé, a heroína à beira da cama; ergue o vestido de cetim brilhante, desprende a meia da cinta, oferece a linda perna comprida — mão tremente, ele enrola a meia desde a coxa. Raivoso, atira-a no tapete — *Quieto, benzinho.*

— Quietinho, meu bem — a voz aliciadora é sufocada pela tosse do guarda. Pisoteando cascas, novo espectador instala-se duas cadeiras na frente, revolve o pacote de amendoim, chupa frenético o dente.

Estou doente, vou morrer — lamenta-se o machão, atingido pela bomba de cobalto, no deserto de provas ocultou-se da polícia. *Minha carne é gélida. Bala de revólver não a atravessa — metade homem, metade monstro de ferro.*

O maníaco de amendoim assobia, o mocinho rumina a bola, João sofre as penas do herói.

Agora a loira corre o fecho do vestido, a nudez entrevista: *Eu sou Rosinha. Posso derreter o aço. Sei abrasar o corpo gélido.*
— Rosinha... sei abrasar... — insiste o eco suspiroso do mocinho.

Rebenta a bola de goma, esbarra-lhe no joelho e, entre as cadeiras vazias, senta-se ao lado do chupador de dente. Na tela a heroína furiosa rasga a camisa do tipo, descobre o ombro sardento. Unhas rapaces enterram-se — apesar do metal — na carne fofa.

João estremece: uma ratazana ali no corredor? Prestes a levantar-se, enxuga a mão no joelho.

À sua frente cochicha o moço com o vizinho, que deixa de assobiar. João não ergue o pé e, mordendo o uivo, segue a corridinha da ratazana. Virá, em seu passeio tonto, enroscar-se no sapato e atarantada subir na perna?

No silêncio da sala escuta o alarido do peito. O guarda não tosse, o maníaco não assobia, apenas o crepitar das cascas, agora mais perto.

Violado o santuário, outra vez em pânico: uma gota de suor brinca-lhe na pálpebra. Perdido com as vozes sem resposta: Onde está minha casa, minha mulher onde está? E onde estão afinal os Natais de antanho?

Luta com a imagem na tela, repete em voz baixa a legenda. Surgem das cadeiras vazias as filhas, tão pálidas, meu Deus, camisolinha em farrapos, descalças, a vagar gementes no deserto. Chorosa, indaga a menor, sem vê-lo na penumbra: *Onde foi papai? Que fim o levou?*

Por mais aflito, não pode sair — ainda não, há que esperar a passagem do Natal. Ficará até a explosão da última bomba.

Tudo menos o quarto de hotel, medroso de certa gaveta, entre as meias sem pares o brilho da navalha...

Ali no cineminha pode esconder-se de si mesmo. Rei da terra, que foi feito de quem ele era? Sem mover a cabeça, relanceia o olho no corredor: as dores do mundo trazidas no focinho úmido da rata piolhenta.

Espavorido, o pé plantado nas cascas de amendoim — a ratazana que belisca a barra da calça?

Lá fora os sinos, buzinas, gritos de bêbados.

— Outro de menos — resmunga João. — Deste eu estou livre.

Passada a hora pior, eis que é um homem. Está salvo daquele Natal. Outro não haverá antes de um ano inteiro.

Lamentações de Curitiba

A palavra do Senhor contra a cidade de Curitiba no dia de sua visitação:

Suave foi o jugo de Nabucodonosor, rei de Babilônia, diante de Curitiba escarmentada sob a pata dos anjos do Senhor como laranja azeda que não se pode comer de azeda que é.

Ai, ai de Curitiba, o seu lugar não será achado daqui a uma hora.

Gemerei por Curitiba; sim, apregoarei por toda a Curitiba a nuvem que vem pelo céu, o grito dos infantes a anuncia; porque o Senhor o disse.

A chuva de ais inundará a terra sem subir ao céu; e no céu verão as costas do Senhor; e no céu sem lua nem sol a tampa descida do céu.

No dia de suas aflições os vivos serão levados pela mão dos mortos para a morte horrível. Da cidade não ficará um garfo, aqui uma panela, ali uma xícara quebrada; ninguém informará onde era o túmulo de Maria Bueno.

O dia virá no meio do maior silêncio — com um guincho.

O que fugir do fogo não escapará da água, o que escapar da peste não fugirá da espada, mas o que escapar do fogo, da água, da peste e da espada, esse não fugirá de si mesmo e terá morte pior.

O relógio na Praça Osório marca a hora parada do dia de sua visitação.

Ó lambari-do-rabo-vermelho do Rio Ivo, passou o tempo assinalado.

Os abutres afiam seus bicos recurvos por causa do dia que vem perto. Escorrerá devagar o tempo como azeite derramado, eis a chaga da aproximação do dia. Cada um exibe na testa o estigma da besta; aqui há sabedoria.

O pânico virá num baile de travestis no Operário, no meio do riso; o riso não será riso, diz o Senhor, as bicharocas desfilarão diante do espelho e não darão com sua imagem.

Diz o Senhor: Eis que Eu entrego esta cidade nas mãos de Baal e dos filhos com rabo de Baal, e tomá-la-ão.

Este é o povo que morreu de espada: cento e noventa mil e sete almas e mais uma; todas as almas perdidas numa hora e sem um só habitante.

A estátua do Marechal de Ferro madrugará com os olhos na nuca para não ver.

Os ipês na Praça Tiradentes sacolejarão os enforcados como roupa secando no arame.

De assombro as damas alegres da Dinorá atearão fogo ao vestido gritando nas janelas o fim dos tempos.

No Rio Belém serão tantos afogados que a cabeça de um encostará nos pés de outro, e onde a cachaça para mil e um velórios? Os ratos de rabinho satisfeito hão de roer todo o dinheiro do Banco de Curitiba.

Para embainhar minha espada, diz o Senhor, os vinte e três necrófilos da cidade casarão em comunhão de bens com suas noivas desenterradas e vestidas de branco.

A filha de meu povo será um pátio do Asilo Nossa Senhora da Luz com seus urros e maldições. Muitos correrão para baixo da cama e cada um terá mais de uma morte: uma, a que escolher e a outra pela espada do Senhor, que já assobia no ar.

O Rio Barigui se tingirá de vermelho mais que o Eufrates.

Um sino baterá no ouvido dos homens e eles se esborracharão feito caqui maduro. As filhas vaidosas de sua cidade suspirarão. Chorarão pedras de sangue dizendo: Não existe dor como a minha dor. Depois hão de chorar os próprios olhos com dois buracos na cara.

Ai de Curitiba, perece o teu povo e se quebranta meu coração, porque é o dia da visitação, diz o Senhor. Dos teus lambrequins de ouro, das tuas cem figurinhas de bala Zequinha, do teu bebedouro de pangarés, a gente perguntará: Que fim levaram?

Dá uivos, ó rua XV, berra, ó Ponte Preta, uma espiga de milho debulhada é Curitiba: sabugo estéril.

O terror arrombará as portas, os macaquinhos do Passeio Público destelharão as casas, a cidade federá como a jaula de um chacal doente.

Onde estão os leões de pedra que guardam as casas de teus ricos e os tatus de rabo amarelo que guardam os teus medrosos leões?

Maldito o dia em que filho de homem te habitou; o dia em que se disse nasceu uma cidade não seja lembrado; por que não foste sempre um deserto, em vez de cercada de muros e outra vez sem um só habitante?

Ó Curitiba Curitiba Curitiba, estendes os braços perfumados de giesta pedindo tempo, quando não há tempo.

Ó Curitiba Curitiba Curitiba, escuta o grito do Senhor feito um martelo que enterra os pregos. Teu próprio nome será um provérbio, uma maldição, uma vergonha eterna.

Curitiba, o Senhor chamou o teu nome e como o de Faraó rei do Egito é apenas um som.

A espada veio sobre Curitiba, e Curitiba foi, não é mais.

Não tremas, ó cidadão de São José dos Pinhais, nem tu, pacato munícipe de Colombo, a besta baterá voo no degrau de tuas portas. Até aqui o juízo de Curitiba.

Chuva

O fumo da chuva sai pela chaminé das casas e afoga a cidade. Um lado do coqueiro está seco. Chove, chuvinha, embaça o óculo do míope, molha a formiga de trouxa na cabeça. As pessoas refugiam-se no vão da porta. Sob a teia de aranha abrem-se as flores dos guarda-chuvas. Pipiam os pardais entre as folhas, nada como uma velha meia de lã.

Por onde pisais, meninas, sem sujar de lama o sapatinho? Um afogado afunda terceira vez no Rio Belém. Os turcos que vendem maçã na rua, que fim levaram? Guardas abrem os braços na esquina e apitam: por que choves, Senhor? Mães choram os filhos longe de casa, uns dedos na vidraça, dona mãe, me deixa entrar.

Bate o sino da chuva em cada lata vazia. Todos querem o guarda-chuva esquecido num dia de sol, quando havia sol. Antigos baús são abertos, dia ruim para as traças. Na cama os velhos choramingam de pé frio. Os cães arranham a porta — passa, ó catinga da chuva! O caldinho de feijão te queimou a língua.

Ah, tão bom se não estivesse chovendo. Se não chovesse eu seria a mulher barbuda do Circo Chic-Chic. E o sorveteiro, que faz do seu sorvete? José chega em casa, esfrega o pé no capacho e senta-se para comer, gemendo: chuva desgraçida.

O vento despenteia a cabeleira da chuva sobre os telhados. Todas as árvores chovem.
A chuva engorda o barro e dá de beber aos mortos.

Senhor

Livra-me dos chatos e Te agradecerei, ó Senhor. Rouba-me o dinheiro, enterra-me em cada dedo a Tua unha encravada, mata-me de morte lenta e dolorosa, mas livra-me dos chatos. Há chato demais, Senhor, nesta Tua cidade. De piolhos cobre-me a cabeça, esconde o meu óculo, Senhor, mas livra-me dos chatos.

Eles podem mais que Teu rum da Jamaica, que Teu éter sulfúrico. De Curitiba fugiram os Teus anjos, Senhor, e se fugiram, eles que eram anjos, que será de mim?

Tuas pestes, Senhor, não afetam os chatos, são intocáveis ao Teu dedo? A menina de três anos estuprada por Claudionor eu Te perdoo, Senhor, a Valquíria que embebeu as vestes em álcool e ateou fogo eu Te perdoo, as duas senhoras Lucinda e Perciliana que se engalfinharam durante a missa na Tua catedral, eu Te perdoo porque Te entendo, Senhor.

Não Te entendo, ó Senhor, por que respeitas a eles, que são chatos. Por sua culpa já perdido o mel no lábio da virgem. Estragam ainda na xícara o gosto do café. Azedam o leite no seio da mulher grávida.

Endureceste o coração contra mim: sou eu Faraó e são os chatos Teu povo? Não me poupes, Senhor, entre os malditos é meu lugar. Sacode-me com Tua mão pesada, eu Te abençoo. Arrasta-me na cinza como fizeste com Jó. Ah, os amigos que mandaste a Jó não eram três chatos, Senhor?

Paixão segundo João

João e Pedro eram inseparáveis; quando um se resfriava infalível dias depois estivesse o outro a espirrar. Cada um esqueceu para sempre os dias de menino, neles o amigo não estava presente.

Pedro reparou no vulto de João, meio escondido à sombra de uma árvore, na porta de um bar ou correndo para alcançar o último ônibus. Com ele simpatizando, Pedro sorriu — ai, um dentinho preto! —, o outro não se aproximou. Um aguaceiro de verão reuniu-os na mesma porta, a primeira palavra foi trocada.

Dia seguinte João mudou a marca do cigarro. De pouco açúcar no café, passou a tomá-lo adocicado. Só usava a gravata azul de bolinha da tarde do encontro.

O único que dançava era Pedro, o outro quedava-se a beber, admirando os passinhos de gafieira do amigo. Guardava na carteira um retrato de Pedro aos oito anos. Ao viajar entregou-lhe cheque assinado em branco — no caso de acidente o seu herdeiro universal.

Sábado bebiam dose dupla de rum; o cigarro de Pedro, fumado pela metade, recolhido por João no cinzeiro:

— Pedrinho, você fuma demais... — então o esquecia entre os lábios, um olho meio fechado da fumaça.

Pedro caiu doente, João instalou-se no quarto da pensão:

sobreviveu graças aos seus cuidados. No delírio consolado pela carícia furtiva na testa escaldante. João banhava o seu corpo enlanguescido de fraqueza, pestanas baixas quando esfregava as partes secretas. Pedro sentava-se na cama a tossir e o amigo, afofando o travesseiro, nem voltava o rosto para o lado.

Pedro convalesceu em casa, o outro foi visitá-lo. Ao descer do trem, João cambaleou ferido: na plataforma o amigo de braço com uma bonita mulher. Por mais que ela o festejasse, nunca pôde esconder sua antipatia pela pobre mãe.

O amigo não voltava. João escreveu carta desesperada, a letra aflita de bêbado, incluiu uns versos furiosos de amor. Dias depois, reclamou a carta e rasgou-a, olhar risonho de Pedro.

Na rua Pedro segurava-lhe o braço: o outro estremecia, folha de tinhorão sob a chuva. João, esse, nunca o tocava, nem mesmo lhe apertava a mão. Ao sol com o amigo de maneira que as duas sombras se abraçassem numa só.

Ao surpreender-lhe o franzido das pálpebras para distinguir ao longe, o sestro voluptuoso de molhar o lábio com a ponta da língua, João ruborizava de oculta alegria — o dorminhoco a sorrir quando é acesa a luz.

Pedro cortava esquecido as unhas do pé e o outro, mão no bolso, uma veia louca a pulsar na testa, arrepiando-se de êxtase ao ver o dedão gordo com unha encravada.

Apesar das economias no banco, João nunca pôde comprar um pulôver, o que lhe permitia usar o do amigo, vermelho e ainda impregnado de suor. Preguiçoso, sempre com uma bala de hortelã na bochecha, Pedro exigia que lhe espremesse as espinhas das costas; despindo a camisa oferecia o ombro gorducho, a sacudir-se de gozo.

Nas férias, por insistência da mãe, Pedro ficou noivo. Ao receber a notícia, João ingeriu sete doses duplas de rum, treze aspirinas, quase um tubo de barbitúrico. Não morreu, dormiu uma noite e um dia, desde então sofrendo de gastrite. Apresentado à noiva, tanto a ridicularizou que Pedro rompeu o compromisso. Seis meses depois, noivou com outra. João nada pôde fazer: Maria não tinha nariz de bico nem canino ectópico.

Na insônia de João repetia-se o pesadelo: de pijama e descalço em busca de Pedro na rua cheia de gente. O outro surgia nu, deitado em sofá encarnado, a provocá-lo com gesto da mão peluda, cúmplice do vício solitário. João aceitou o sonho e, ao acordar, não censurava o amigo.

Dia do casamento, mais nervoso que o noivo era o padrinho. Seguiu o casal até à porta do avião, Pedro receou que fosse acompanhá-lo na lua de mel. Mesma noite João sentou-se na cama, golfada de sangue no lençol: úlcera no duodeno que era vontade de morrer. Lívido, dente amarelo, o primeiro a receber os noivos.

João não saía do apartamento, agora três amigos inseparáveis. O doente é que tinha desvelos com a saúde do outro: moranguinho graúdo, bombom recheado de licor, sorvete de nata. Despedia-se do casal, cumpria a ronda dos bares: um copo de leite, os cálices de conhaque. Vez por outra, batia-se ferozmente com desconhecidos à sombra dos muros.

A noiva esquecida por Pedro na eterna companhia do outro. Entendiam-se por um olhar, uma palavra, um aceno — os dois com seus segredinhos. Despeitada, fazia insinuações pérfidas sobre João, moço tão fino, maneira delicada.

— A malícia do mundo — acudiu Pedro — não perdoa a verdadeira amizade.

No aniversário de Maria, jantaram os três à luz de velas e, bastante havia bebido, descalçou o sapato, brincou sob a toalha com a perna de João, de voz rouca a noite inteira.

Cada vez mais magro, olho fundo, sempre a gravata de bolinha — introduzia dois dedos na camisa, logo os retirava queimados da úlcera.

Com a boa comida e os prazeres, engordava Pedro, rosto balofo e ainda belo, dente estragado de chupar guloseima — no bolso uma bala azedinha meio derretida.

Uma tarde a moça saiu e, surpreendida pela chuva, tornou mais cedo. Na mesinha da sala, uma garrafa vazia, dois copos, pontas de cigarro no cinzeiro. Sobre o tapete a coleção de cartões pornográficos. Na parede o retrato dos dois amigos, João risonho no pulôver encarnado.

Explodiu uma gargalhada no quarto, a moça abateu-se na cadeira:

— Meu Deus, que será de mim?

Bebeu o resto de um copo. Na ponta dos pés, experimentou a maçaneta: fechada. Sem coragem de bater, voltou a sair. Esbarrou com João: não era ele. Pediu que a acompanhasse, sem rumo sob a garoa. Nem um dos dois falou, certa de que João sabia.

Pedro exibia-se em companhia suspeita, frequentava os antros mais infames. Uma vez em aconchego com o filho do porteiro, outra vez esbofeteado no elevador por um soldado negro. Maria não atende ao telefone: vozes melífluas com recadinho ora do noivo ora da noiva.

Desgraça maior a moça grávida. Entretinha-se com João, ambos à espera do marido ausente, ela a tricotar o primeiro sapatinho de lã, ele a retorcer os longos dedos gélidos.

Bem que o amava, reconheceu Maria, tão triste e sofrido — grisalho aos trinta anos! —, agarrou-lhe suspirosa a mão:
— Estou louca. Deite comigo. Deixo fazer tudo.
Sorriso pálido, João foi delicado, mas firme:
— Não pode ser... Me perdoe.
Ela beija-lhe a mão, enxuga as lágrimas, apanha inconsolável as agulhas. João volta à janela, afastando uma ponta da cortina, procura ao longe o amigo perdido.

Trinta e sete noites de paixão

Primeira noite João fracassou. Em lágrimas que era rapaz virgem, o desastre de tanto amor. A noivinha dedicou-lhe toda a ternura — e nada. Também o amava, esperou que vencesse o bloqueio emocional. Até onde a inocência permitia, colaborou de todas as maneiras — e nada. Nem uma vez superou o moço a inibição. Falhou da primeira à última experiência, sem êxito a gemada com vinho branco. Um mês depois, João continuava donzel.

Juras de viverem os dois sempre virgens — e, mão dada, dormiam com a luz acesa. De repente, uma tentativa atrás da outra, disposto ao sacrifício da vida.

— Cuidado, meu bem — ralhou a moça, assustada. — Pode ter uma coisa.

Sentia o coração aflito de João a bater no seu próprio peito. Os trabalhos duravam horas, corpo lavado de suor.

Afogueado, a boca seca, João mergulhava a cara na água gelada da pia. Sem piedade examinou-se no espelho:

— Que desastre, meu velho! — e não podia sopitar os soluços. — Você é um fiasco.

Apenas essa vez chorou, depois o encanto quebrou-se. Entre caretas, o mais que conseguia era achar-se bonitão de olheiras fatais.

Propôs abordá-la na rua, a eterna desconhecida, registrados em hotel suspeito — quase deu certo, não foi a moça esquecer chamá-lo Doutor Paixão.

Assistiram a filme proibido, João lia na cama obra pornográfica (ao que ela se recusou, alegando princípio religioso), experimentou injeção afrodisíaca. Procurava-a, todo excitado, era impedido pela menor distração: a luz acesa, a luz apagada, uma batida na porta, o trino do canário, o rangido da cama, o pingo de uma torneira.

O adorável corpo nu da mulherinha e, deslumbrado, cerrava os olhos — em desespero a evocar o joelho da primeira professora, a nádega de certa negra, uma nesga de coxa muito branca da sogra. Buscou por todas as lojas de Curitiba o famoso anel mágico.

No cinema capaz de mil proezas, o seu comportamento tão inconveniente, foi advertido pelo guarda. Sem destino viajavam de ônibus, apertadinhos e de pé, por mais que houvesse banco vazio. Domingo em casa do sogro, após o almoço, surpreendido em plena sala de visita com o seio esquerdo de Maria na boca.

— Não posso entender — justificava-se perplexo. — Dois anos noivo mal dormia tão fogoso.

Longe, dotado da maior potência. Com a bem-querida nos braços, nada.

— Não consigo me concentrar. Entre dois beijos canso de repetir. *Este leito que é o meu que é o teu...* ou *Minha terra tem palmeiras...*

De tanto se encarniçar, posto com ele não desse resultado, sinais da perturbação de Maria — o rubor da face, a narina trêmula, o peitinho ofegante.

— Sua cadela! — não continha a indignação. — Me dá nojo.

A pobre moça em soluços. Ele, a beber-lhe as lágrimas, aos gritos de — Monstro, calhorda, miserável. Logo voltava a injuriá-la:

— A culpada é você.
— Coitada de mim, João.
— Não sabe nada — é uma burra!
— Como podia saber, meu Deus?
— Mania de falar em Deus! Por isso... eu não...

Perdeu a fé: se Deus escondia a chave do paraíso nada mais era sagrado.

— Não fale agora. Bem quieta.

Maria cerrava os olhos, exausta.

— Abra o olho.

Ao menor rebate falso um brado às armas:

— Diga está louca por mim.
— Agora gema!
— Grite bem alto!

Ela seguia as manobras, um grito a mais, dois suspiros a menos.

— Maldita. Ai, me desgraçou... — e dando-lhe as costas, ofendido. — Não avisei que gemesse?

Passado um mês a filha contou à mãe: intacta como na primeira noite. Os pais decidiram conceder a João uma semana de prazo e, se persistisse o estado, voltaria para casa.

Sete dias em que a paixão se confundiu com o maior ódio. João não conheceu a noiva e fracassou miseravelmente.

— Agora ia dar certo — o pobre arrenegou-se, o lindo rosto enterrado nas mãos. — A culpa é da megera de sua mãe!

Insultou-a de frígida, lésbica, ninfomaníaca. Separar-se antes que o deixasse louco. Muito deprimido, bocejando no emprego. Deixava-a fechada em casa, sem poder sair para as compras. A moça desconfiou que, rapaz fino, gesto delicado... sei lá.

Maria repetiu a lição familiar: queria ser mãe de filhos. Ao vê-la resoluta, suplicou que o tratasse com menos soberba, o dia inteiro de cara aborrecida. Tinha tudo, o que pedisse João lhe daria, mesmo que não pudesse. Surgiu com o padre para benzer a casa. Tinha vindo antes trazer o jornal. Em seguida presenteou-a com moranguinho graúdo. No jantar contou anedotas alegres. Maria não fraquejou e manteve a palavra. Ele comprou no bar da esquina uma garrafa de conhaque; ao propor que se embriagassem, recebeu dura recusa da moça.

Última noite e a última tentativa, falhada como todas as mil e uma outras. Acariciou em despedida o maravilhoso corpo nu, adormecido a seu lado. Bem quieto, olho arregalado no escuro, rendeu-se ao prazer solitário. Acendeu a luz, acordou-a, beijou da ponta do cabelo ao dedinho do pé. Por fim cuspiu-lhe três vezes no rosto. Não conseguisse trancar-se no banheiro, a teria esganado.

De manhã ela arrumava as malas. João sugeriu pacto de morte, não foi aceito. Abriu a porta do táxi, despediu-se com aperto de mão: ainda mais querido na gravata de bolinha e óculo escuro.

Resolvido a morrer, não tinha revólver nem veneno. Enfiou a cabeça no forno de gás, posição incômoda demais. Além disso, com muita dor de dente — iria primeiro ao dentista.

Um mês depois o encontro na rua. Maria afastou-se da mãe, falou com naturalidade. Ele mal pôde acender o cigarro tanto que a mão tremia.

Educação sentimental do Vampiro

*** O pai discute com a mãe. É uma *bruxa* e eu, bem quieto, *o gordinho sinistro*. Ela chora, retrato desbotado de Lilian Gish em *O lírio partido*.

Não mais que sete sonhos recheados de goiabada.

Sinto em mim o borbulhar do vampiro: o dentista de Von Stroheim, anestesiada a loira na cadeira e beijada em delírio — extrair o dente?

Cabelos na palma da mão? Eu não fui.

*** O Grande Garanhão de Curitiba tem amante — quem me dera ser bastardo de pai desconhecido.

Duas fatias de torta de morango, três queijadinhas, vinte e sete balas de hortelã.

Escondido na multidão, o olho que tudo vê não me alcança: a infância na bola de pipoca com mel, na casca de amendoim debaixo do pé. Duas janelinhas com a poeira luminosa de nossos sonhos mais secretos.

Antes de dormir, o grande Brando machuca nos braços peludos a viúva louca de *Uma rua chamada pecado*. Em penitência, três padre-nossos e três ave-marias.

*** O pai xinga a pobre mãezinha de *megera*, a mim de *último dos maricas*. Dele eu me vingo atacando a segunda coxa de galinha.

Uma borboleta esvoaça na vidraça, a do soldadinho alemão de *Sem novidades no front*.

Bolinho de bacalhau como dona Sinhana não há quem faça.

Sonho com o branco peito de *Manon* marcado na brasa de cigarro.

*** A mãe reclamou dos papéis prateados de caramelos sob a cama — até ela contra mim. Estralo os dedos entre o amor e o ódio, pastor maldito de *O mensageiro do diabo*.

Na rua o riso canalha da grande Garbo em *Ninotchka*.

Atiro bolinhas de papel na mesa da datilógrafa — a loira do faroeste ingênuo de Tim McCoy.

Chove nos pântanos que defendem o palácio do conde Bela Lugosi.

Nas últimas cadeiras batalhas de mãos úmidas e quentes entre bichos com olho dourado.

*** Derrubo o lápis, belezas da datilógrafa — as ligas vermelhas da grande Marlene em *O anjo azul?*

Uma barra de chocolate no lustre, o mocinho de *Farrapo humano*.

O velho Peter na esquina de Duesseldorf, assobio com medo do escuro.

Deitado na cama, olho a copa das árvores e a heroína soluça nos meus braços — *Ai, George*. Não é George, meu bem.

*** Não choro o pai que nunca tive (a seus olhos uma gota de sangue na gema de ovo) a roer furiosamente as unhas.

De tanta queijadinha herói dispéptico de *O terceiro homem*.

A loira me perguntou: *Dor de dente?* Não, bala azedinha na bochecha. Óculo embaçado do galã sob os beijos molhados da grande Marilyn.

Na cadeira ao lado o medonho cançonetista de boina e voz rouca de *Os boas-vidas*.

O cartucho de rebuçados é a caixa de chapéu do assassino de *A noite tudo encobre*.

*** Gorgorejo dos borborigmos nas entranhas — o grande Bogart bebericando chá com a última solteirona. Embarco no navio fantasma do velho Nosferatu.

O passinho floreado do grande Marcelo no corredor do hotel. Ela foge assustada do *M* estampado a giz no paletó.

O convite aliciante no vão da porta:

— Vem cá, ó Quatro-Olho... Ó, Gordinho, vem cá... Só porque me chamou gordinho, o que o velho Jack fazia com as outras.

*** Uma semana que a pobre mãezinha é morta. O grande Landru diante da janela recitando um verso para a lua.

*** A loira ficou noiva, a pérfida. Bigodinho do velho Taylor, nunca mais serei o mesmo. Pés nus sobre cacos de vidro, o padre pecador de *A noite do iguana*.

No Passeio Público um balão vermelho e a brasa do cigarro de *Pacto sinistro*.

Na minha cama, sob a imagem da Virgem, a ninfa nua de *A noite* — confeitos na mesinha de cabeceira.

*** Três pastéis de carne, quatro coxinhas de galinha, uma empada de camarão (bem que duas).

Na praça a menina loira, oito anos, vestido branco ao vento — o mesmo vento que afastou o véu da heroína de *Rashomon*. Enxugo as mãos no bolso.

Persigo-a no passinho miúdo do grande Hossein. Exausto passo pelo sono, o soldadinho que, ferido, derruba o óculo, tateia de joelho, volta a colocá-lo e morre.

*** Arrasto a minha tristeza, Django o seu caixão fúnebre na lama.

Nove cocadas, três de cada cor: branca, preta, rósea.

À espera da menina, a vida que foge ao longe, filme proibido para o qual não fui convidado.

*** Sem unha para roer, o dedo em carne viva, o sangue é quente e doce.

*** No bolso o volume dos bombons para a minha menina. Por Deus do céu não sou culpado.

Última corrida de touros em Curitiba

Casou no sábado e logo na terça entrava em casa às três da manhã. A noiva em pranto, de chapéu e a malinha de roupa, todas as janelas iluminadas:

— São horas? Um homem casado? De chegar?

O Dadá fazendo meia-volta, no passinho do samba de breque:

— Não cheguei, minha flor. Só vim buscar o violão.

Tornou duas horas depois — a pobre moça dormia, o rosto úmido de lágrimas, a maleta esquecida ao lado da cama.

Mulato pintoso e sestroso, bigodinho, cabelo para o crespo. De sargento da polícia a professor de educação física: peito forte, brigador. Passista premiado no famoso baile do Operário. Boêmio desde menino, casado não mudou de vida: saiote vermelho de crepom, chupeta gigante no babador, porta-estandarte do bloco *Senhora dona, guarde o seu balaio*. Farrista, com amantes, a mulher era uma heroína, por que não santa?

Bêbado, descalçou o sapato e a meia, que dona Cotinha recolheu:

— Jogando tudo pelo caminho. Essa meia molhada! Não está chovendo...

— Suo muito no pé.

— Num pé só? Tomou banho com alguma vagabunda, não foi?

Ah, bandido.

— Por que o Tito não gosta de você?

— Sei não, minha flor.

— Por que será, hein?

— Me viu na cama com a mãe dele.

Se dona Cotinha perguntava a que hora:

— Esta noite não volto nunca mais.

Aquela manhã, o chuveiro jorrando sem parar, a mulher estranhou a sua demora. Gritou por socorro, a porta arrombada — de borco no ladrilho, sofrera um derrame. Dez dias em coma no hospital, se sobrevivesse ficaria entrevado.

No décimo dia, desesperada, a amante decide visitá-lo. Bate na porta, que é aberta pela esposa, ao lado das filhas:

— Com licença.

Quando disse as palavras mágicas: *Com licença*, lá do fundo do inferno ele ouviu:

— Aaaahhhhhnnn... — uivou na maior agonia.

Sem fala, um lado perdido do corpo — vez por outra pingavam uma gotinha d'água no lábio gretado. Com olho aflito indicava a garrafa sobre a mesinha. Morria de sede e, no delírio, uma fonte gelada corria-lhe pelo rosto e encharcava os cabelos crespos do peito.

Ainda era pouco, tinha de suportar as visitas:

— Como vai o nosso doentinho?

E a megera, muito importante:

— Provou duas colheres de papinha.

Alisava o suor frio da testa:

— Fez xixi direitinho. Obrou um nadinha.

Solícita e implacável, enxugando-lhe o queixo com o guardanapo amarrado ao pescoço:

— Dadá, eu bem disse, não facilite — e indiferente ao clarão de ódio no olho estagnado. — Você bebe demais. Come demais. Já não é moço. Pensa que ligava? Dadá, olhe a extravagância. Um dia pode ter uma coisa. Veja o que aconteceu. Bem eu não disse?

Tamanho horror às visitas, à comadre de florinha, ao papagaio de vidro, decidiu não se render. Aprendia a falar. Sugeriu corrida no pátio para os hemiplégicos — o prêmio ao vencedor um par de muletas com ponta de borracha.

Em casa, nas tardes de sol, carregado e instalado numa cadeira de braços no jardim — sobre a palhinha dura o retalho humilhante de plástico. Manta xadrez nos joelhos, cochilava de cabeça tombada no peito, um fio de baba no queixo que não podia enxugar.

Deliciado com o trino da corruíra, um cacho dourado de giesta, as folhinhas do chorão faiscando ao arrepio da brisa com vozes esganiçadas — verde, verde! O deslumbramento repentino de estar vivo e, roendo fininha, a saudade da amante. Primeira vez depois do insulto cerebral aquela ânsia de viver. Tentou mexer um dedo — a resposta longínqua do nervo entorpecido. Morrer como homem, não barata leprosa de caspa na sobrancelha. E a sombra das folhas na cabecinha trêmula, adormeceu.

Presto um ribombo no céu, estalido de grampos no varal, o vento que batia as portas:

— Recolha a roupa. Maria, feche a janela. Prendeu o Nero?

O temporal rebentou com fúria, ensopava-lhe o cabelo grisalho, o pijama de pelúcia, quem sabe lavasse as gotas vergonhosas do café com leite. Aos trancos ergueu a cabeça, a chuva rolando pela cara retorcida, um olho meio aberto nunca piscava — era uma coisa, que a família esquecia na confusão de recolher a roupa e fechar as janelas?

Minutos depois o grito da mulher em pânico:

— Minha Nossa Senhora! O Dadá... lá fora!

Do fundo da garganta gorgolejou o glorioso palavrão.

Dali a um mês, arrastando os pés, com duas bengalas, já podia sair. A primeira visita para a amante. A segunda, ao bar de costume.

Promoveu a corrida de hemiplégicos e, como de esperar, foi o vencedor.

Última alegria porque logo morreu engasgado com a semente da batida dupla de limão.

A barata leprosa

*** Arrisquei a vida, torci o pescoço, sangrei o joelho, agora é minha. Carrego o meu tesouro comigo, basta enfiar a mão no bolso (eis o sabiá que pinica debaixo da unha), a calcinha amarela surrupiada do varal.

*** No papel dobrado as sementes indeléveis da paixão. *Para a Maria, o amor fogoso do André* — rabiscado com a mão esquerda para disfarçar a letra.

*** — Quer uma bala azedinha? Uma figurinha de bala Zequinha?

Atrás da cortina, horas esquecido, a espiar as meninas no vestidinho branco de musselina brincando de roda — únicas que não me intimidam. Não fossem as diabinhas capazes de chupar a bala, guardar a figurinha e ao sentirem a mão úmida e quente:

— Olhe que eu conto para mamãe.

*** Ela descolou o papel com a mancha do amor e o nome de André, deu um grito:

— Só pode ter sido o João!

*** Três padre-nossos e três ave-marias, que não me denuncie à polícia. Antes de ser empalado com uma garrafa, ter a unha arrancada e o testículo quebrado, tudo eu confesso.

*** Se sou feio (eterna espinha no nariz), gorducho (uma brotoeja no cachaço vermelho), relaxado (dois pingos de tomate na gravata), que tanto me olho no espelho?

*** Chego perto de uma menina. Já de óculo embaçado, meu carão lustroso, o colarinho úmido, um rio espumando na axila em fogo. E fujo na pontinha do pé, vampiro de nádega rebolante.

*** Essa varredeira das horas mortas, bracejando vassouras e cuspindo pó, não sou eu, esganado, me afogando com sanduíche duplo de pernil?

*** Para não ser torturado, tomei o partido do carrasco. Minhas obras completas? Uma coleção de cartas anônimas*: Eu sei quem matou Maria Bueno — Foi ele, o André, que incendiou o Teatro Guaíra — Eu não fui que fuzilei o Barão do Serro Azul.*

*** Se meu consolo é a empadinha, o bombom, a coxinha, o quindim, como não ser gordo? Sempre enxugando no queixo uma gota de molho pardo, a minha baba de lesma.

*** Não bastasse, balofo e desajeitado, ainda a língua sibilante: quem fez o erre, fez só para me humilhar.

*** Meninas... será que você pode confiar?

Catedral gótica de estafilos e treponemas é a genitália da mulher.

*** Novo bilhete de amor. Assinatura, o contorno desfraldado da bandeira do homem.

*** Juro que a Jean Seberg me olhou. Meio da cena, espiou sobre o ombro do galã e, ali na sala escura, ela me viu e sorriu da mão perdida no bolso.

*** A menina. A velha de óculo e verruga. A entrevada na cadeira de roda. A vesga. A corcundinha.

— Como é que pode, meu Deus?

Aleijões do circo de cavalinhos, dois buracos em vez do nariz e, por elas, eu...

Por elas não. Por todas sempre assanhado, o toque da calcinha no bolso me faz levitar.

*** Deixa estar, eu me vingo, deixa estar.

*** Quem me dera só para mim uma dessas grandes bonecas de plástico — bem eu saberia fazê-la feliz.

*** Sou mais que judas, eu vendi o próprio judas — por trinta balas Zequinha!

*** Cavalgado por uma hiena risonha e feroz, só unhas e dentes. Fujo com pés de lama, ela me alcança e morde a nuca. Acordo lavado em suor frio — qual será o significado?

*** Sessenta e quatro são as posições do prazer solitário?

*** Ligo o gravador, enrolo o lenço no bocal:

— Alô, quem fala? Dona Marina? Um recado para a senhora. Da parte de dona Eufêmia. Vai bem, obrigado. Me pediu que...

Envolvente, aliciante, tropeço no erre e, quando ela menos espera, o chorrilho glorioso de palavrões.

Fazê-la chorar me derrete de gozo e o prazer é completo.

*** Algumas desligam, outras devolvem os insultos, outras bem quietas enquanto eu gemo, suspiro e soluço ao seu ouvido.

*** A calcinha puída no bolso, o embrulho de empadinhas no outro, quem pode mais do que eu?

*** A cidade em pânico. À mercê do vampiro louco. O assobiador ataca outra vez.

*** Toda noite peço a bênção à mãezinha, rezo os padres-nossos e, antes do galo cantar, na luta do meu anjo da guarda com a besta da luxúria, ele perde sempre.

*** Morrer virgem é o meu calvário?

*** Ao lado da loirinha no cinema. Sorriso inocente e sarças ardentes diante do óculo, submeto-a aos meus doidos caprichos, chicoteada e espezinhada — se acendesse a luz, eu seria preso na mesma hora.

*** Deflorador no sonho acordado, por que dormindo sou a vítima?

*** Abordado no vão da porta por uma rainha da noite.

— Onde é que vai, gostosão?

Uiva, coxa fervilhante de bichos, dá gritos, unha mais longa do mindinho, imunda está.

Beijar uma vagabunda de rua é morrer moço, urrando na camisa de força, esquecido do próprio nome.

*** Atrás da menininha de vestido vermelho, saltitante trança dourada. O pacote de bala azedinha, que me esperasse ali na esquina. Quase noite, ninguém na rua. Correndo em casa para escovar os dentes e botar a gravata de bolinha azul. De volta à esquina, foi você o tarado que me roubou a menina?

*** Ó maldita barata leprosa com caspa na sobrancelha.

Se distraísse o vampiro de Curitiba a mudar de gravata, não teria até hoje alcançado a primeira vítima.

*** Consolo da menina perdida, ataco a travessa de empadinhas, esgano e engulo as sete primeiras, estraçalho com delícia as cinco seguintes e, assim que me sacio, depois me empanturro, abocanho ainda uma e outra mais, engasgado com o caroço da azeitona.

*** Para conhecer o amor, ó querida mãezinha, estou condenado a matar?

O colibri

Domingo ele chegou reclamando do fogo apagado.
— O fogo está apagado — defendeu-se a moça. — Mas o almoço, pronto.
— Então está frio. E não me responda.
Já riscava no soalho o salto da botinha.
— Bêbado você fica atentado, seu...
— Do que me chamou?
Deus te livre de chamar Colibri o hominho. Mais pequeno que a moça, seria de sete meses? Saiu à mãe, enfezadinho. Os cinco irmãos são altos — dói mais que os irmãos sejam grandes, guapos, galhardos.
— Pensa que não ouvi? Já te mostro quem é o homem da casa.
Pequenininho, mas brabo: sacudiu-a pelo pescoço, arranhou-lhe o peito. Aos gritos ela se fechou no quarto — a porta estremecia de pontapés. Seu orgulho era a bota de saltinho alto.
Afundou a rolha da segunda garrafa de vinho tinto. A dona surgiu à porta, arrependida.
— Não acorde o nenê.
— Mulher minha de emprego não carece.
Muito ciumoso, leva até a fábrica na garupa da bicicleta. Faz biscates na carrocinha mais pequetita. Vende cacho de

banana, saco de batata, feixe de lenha. Um negocinho aqui e outro ali, estralando forte o chicote.

— Você fica bêbado gabola.

— O hominho aqui tem um milhão — e bateu risonho no bolso. No miudinho comigo ninguém pode.

— Você me arranhou o queixo.

— Também quis me dar com a cadeira.

— De casa não sai. A criança está perecendo.

— Deus sabe que não é verdade.

Muita noite acordada para que o choro do filho não perturbasse o gigante dos colibris.

— Me mandou procurar outra mulher.

— Eu não mandei. Você disse que tinha outra.

De pilequinho não pode ver moça bonita. Uma vez perdeu meia dentadura. Outra, chegou com a camisa fora da calça e borrada de vinho.

— Mulher é para cuidar do fogão.

Quer comida quente na mesa. E a criança espertinha brincando no quintal. Senão esfrega a bota no capacho, despede-se para sempre. Sobe na carroça com a certidão de casamento, escritura da casa, caderneta do banco. Mais punhal e pistolinha.

— Venha aqui fazer um agrado.

— Como você é forte, João.

O nome com muita honra é João Maria.

Abismo de rosas

— Entre, moça. Com você não contava.
— Achou que não voltasse?
— Rostinho quente.
— Do calor.
— Que bom rostinho quente. Muito perseguida?
No rostinho dois pintassilgos azuis batiam asas.
— Agora o doutor André. Me deu um cartão. Tomar cafezinho, já viu. No escritório.
Velha conhecida minha, essa minissaia xadrez.
— Teu vulcão está aí. Não quer despertá-lo?
Defendeu-se, agarrando-lhe a mão com força.
— Que mão fria...
— Teu beijo, hum, gostinho de bolacha Maria e geleia de uva.
— Não gostei da última vez. Como você me tratou.
— Rasgue o cartão do André.
— Tenho nojo. É gordo e mole.
Ele encolheu a barriga, aprumou o peitinho.
— Desculpe o cabelo branco.
— O doutor não tem idade.
— Chega de fumar.
Ela tragou fundo, beijou-o, soltou-lhe a fumaça na boca. Ele ergueu a blusa até o seio empinadinho.

— Não. Deixe que eu tiro.
— Quero você nuazinha.
A blusa pela cabeça sempre despenteia.
— Vire para lá. Senão não tiro.
Menos uma pecinha. A blusa. A saia. O sutiã.
— A calcinha não.
— Coisinha mais linda.
— Para combinar com o colar.
O riso furtivo do colar vermelho. Ele só de meia preta.
— Tire, amor.
De costas, sem olhar.
— Parece um menino. Só que cabeludo.
Toda nua, de salto alto.
— Correntinha também é roupa?
Sem poder cobrir os três seios com duas mãos.
— Essa cruzinha o que é?
O crucifixo barato, presente do noivo.
— É enfeite.
O velho Jesus, quem diria, piedosamente virou-lhe o rosto.
— Esse noivo não existe.
— Aqui na aliança o nome.
Poucas delícias da vida: o azedinho da pitanga na língua do menino, a figurinha premiada de bala Zequinha, um e outro conto de Tchékhov, o canto da corruíra bem cedo, o perfume da glicínia azul debaixo da janela, o êxtase do primeiro porrinho, um corpo nu de mocinha. Tão aflito não sabia onde agarrar.
— Veja como é quentinho. Pegue.
Ela pegou sem entusiasmo.
— Relaxe, meu bem. Não fique de pescoço duro.

— Ai, meus ossos. Você me machuca. Arre, que tanto.
— Dê um beijinho. Só um.
— Ah, não. Ah, não.
— Por um beijo eu dou o dobro.
— Olhe que sou cigana.
— Também sou.
— Se eu der, você quer mais.
— Não quero. Juro. Só um, anjo.
Ele mordiscou a penugem dourada da nuca.
— Agora um beijinho.
Ela deu.
— Mais um. Mais outro.
Já aos gritos:
— Só mais este. Ai, amor. Agora no tapete.
Olho perdido na parede: pinheiros ao pôr do sol.
— Descasco este limão com o dente. Um e dois (pastando e babujando no peitinho), qual o maior?
— São todos iguais.
— Não os teus, anjinho. Você é fria.
— Igual minha mãe. Nervosinha.
— Quero pegar. Você não deixa. Aposto que não...
— Já li em livro. E faz mal.
— Só faz bem, anjo. Você fingindo, e fingindo mal, eu não quero.
Ela, quieta.
— Eu dou o dobro.
— O doutor é atiçadinho.
— Agora sente-se. Abra a perna. É aqui, amor. Aqui é o bom.
Sem ele pedir:
— Ai, que é bom.

O eterno gesto, esmorecida, cabeça para trás, rostinho em fogo.
— Você quer, anjo?
— Sim.
— Suba por cima.
— De que jeito?
— Assim. Venha.
— Cuidado que dói.
— Se dói, anjo, eu tiro.
— Devagarinho.
— Ponha.
— Tenho medo.
— Só a pontinha.

Ela pôs só a pontinha: entrar a uma virgem é perder-se no abismo de rosas.
— Agora por baixo.
— Ai, meu braço.

Tapete fino, muito magrinha.
— Só um pouquinho, amor. Ai, como é bom.

Mulher mais louca a que está nua nos teus braços.
— Que barulhinho é esse?
— Diga que é bom.
— É bom — com um sorriso. — Obrigada.

Ah, bandida. Ser baixinho é padecer numa coroa de espinhos. Hei de levar para o túmulo?
— Agora de pé.
— Será?
— Aperte as pernas. Mexa. Suspire. Grite.
— Não sei.
— Não sabe dançar? Então dance. Sem sair do lugar.

Salve lindo pendão da esperança, salve, salve.

— Veja, estou tremendo. Será de...? Tão diferente.

Testinha úmida, revirava o branco do olho, pescoço ondulante de cisne, a língua rolando no céu da boca.

— Desculpe a unhada.

Na hora nem sentiu, depois saiu sangue.

— O que você fez, querido? Ai, amor...

Vingado, eu, que nunca podia dançar com a moça mais alta. O baixinho de todas as paixões e nenhuma correspondida. Pardal nanico, por todas as tijiticas perseguido.

— Veja o que me fez. Minha mão, olhe, ainda treme. Ai, amorzinho.

Brilhou no céu em raios fúlgidos o brado mais retumbante que ouviram do Ipiranga as margens plácidas.

Já vestido, cigarrinho aceso. Abriu a bolsa, insinuou duas notas. No baile de formatura eu de todos o mais pequeno. Para o túmulo já não levo.

Ela vestida, penteada, pintada.

— Agora não mereço um beijinho?

Ficou na ponta do pé. De boquinha torta para não encostar, um tantinho enjoado.

— Cuidado o batom.

Ela baixou a linda cabecinha, os dois pintassilgos abriram asas:

— Adeus, gostosão.

A gorda do Tiki Bar

Cambaleou na luz negra do inferninho: quanto mais escuro, mais lindas rainhas. Firmou o cotovelo no balcão:
— Quedê a gorda?
Ao seu lado, rindo, ocupando todo o balcão, quem se debruçava, ofuscante na blusa branca de lã?
— Vamos lá no cantinho.
Em busca de manjares delicados, ambrosias achadas e perdidas. Fim de noite, sobrou a última das gordas, prato fundo de caldo de feijão.
— Tua língua é fálica.
— O quê, bem?
— Me dá tua língua.
Transbordava sobre ele, o tatuzinho cheio de patinhas enrolando-se na bola nua de carne, mais uma bola e outra bola.
— Credo, bem. Mais tarado que o meu marido.
E ria, exibindo caninos e pré-molares.
— Que maravilha. Tem todos os dentes!
Assim que falou se arrependeu, sempre o risco da ponte ou dentadura.
— Fale. Gema. Suspire.
Não sabia, a desgraçida. Fazia a pergunta, ele mesmo dava a resposta. Cada vez mais excitado.

— Te queimo na brasa do cigarro.
— Cuidado, o botão.
— Quero aqui. Agora.
Assanhadíssima, menos que ele.
— Aqui não. Aqui, não.
— Quero já.
— Vamos ao hotel.
— Muito longe.
— Tia Hilda está olhando.
— Só se me der tudo.
— Eu dou. Agora se comporte, benzinho.
Enquanto assinava o cheque, ela remexia na famosa bolsa de franjas.
— Não quer táxi?
— É pertinho. Vamos de mão dada.
Insegura com as luzes, coitadinha. Mão dada cruzaram a praça. Cuidado de não a olhar, podia desistir no meio do caminho. De relance o grande ramalhete de petúnias rebolantes na calça vermelhosa.
No saguão feérico o porteiro olhou para a gorda:
— Sinto muito, doutor. Está lotado.
— Mesmo a suíte nupcial?
Melhor não discutir. Ela o puxava pela mãozinha trêmula.
— Vamos, querido.
No fim do corredor tenebroso o chinês cochilava no sofá de couro rasgado.
— O senhor deseja?
— O melhor apartamento.
Sorriso inescrutável, o chinês olhou para a gorda:
— Tem não.
Laurinho estendeu uma nota dobrada:

— Aqui a diária.

— Terceiro andar, doutor.

Atrás das portas, algumas entreabertas, roncos de caixeiros-viajantes ou gemidos de amantes solitários? No corredor a fumaça dos cachimbos de ópio? Resfolegante, a gorda arrastava-se no seu encalço, rangendo o corrimão, abalando os degraus, estremecendo as paredes.

O quartinho sinistro, colcha enrugada na cama de casal. Mão no peito, a gorda pendurou-lhe o paletó no cabide de arame. Olho apertado de chim frestava no buraco da parede?

Entrou no banheiro: a gorda toda nua debaixo do chuveiro. Só dobras, pregas, refolhos, melões em cima e mamelões embaixo. Ó pura contradição, volúpia de três pálpebras para um só olho, êxtase de tantas pétalas num só botão de rosa.

— Não me olhe, bem.

— Gordo também sou.

— Como é grande, Laurinho.

Lavou-se ali na pia e deitou-se na cama, arrepiado com os lençóis encardidos.

— Ó mãe do céu! Será que não pega?

Nu, de meia preta e relógio de pulso. Ela surgiu balouçante na pontinha do pé, encheu todo o quarto. Se não a esperasse, teria gritado de susto.

— Quero mil beijos de paixão.

Reclinou-se no travesseiro, mãos na nuca, para ver tudo. O cabelo fosco de sabugo mal-apanhado numa fita azul. Ela titilou a orelha. Brincalhona, despiu-lhe a meia, fez cócega no pé.

— Pare com isso.

Ainda bem o cabelo preso, não carecia afastá-lo com as mãos.

— Tire os dentes. Sem os dentes.

A cabecinha rugosa do velho são Jorge. Eis que se rasgam as nuvens do céu. Surge o feroz dragão de bocarra chamejante.

— Corta essa tosse.

Ela rolou para o lado estralando o colchão.

— Me alcance a cinta.

— De cinta, não.

Não era mais tarado que o marido?

— Me ajude — ele pediu.

Náufrago sumido no remoinho de brancuras deliciosas, afundava até o nariz nos vagalhões de espuma e geleia de mocotó.

— Assim não dá.

Tornaram às posições anteriores. Daí ela ficou de joelho.

— Está tinindo, bem.

— Veja como é quentinho.

— Bem devagar. Senão dói.

— Quem roubou o toicinho daqui?

— Foi o gato.

— Quedê o gato?

— O fogo queimou.

Ela se engasgava, outra vez tudo de novo.

— Quedê a água?

— O boi bebeu.

A vez de se enganar, ele, agulha sem rumo nos sete mares encapelados da rosa dos ventos.

— Galope, não. Fique no trote.

Corcoveava e bufava igualzinha à mula Brinquinha, que fora o seu primeiro grande amor.

— Cuidado que sai.

— Não bata, bem. Que dói.

Na falta de chicote, estalava palmadas no lombinho bem liso.

Em vão queria abarcar, aos pinotes entre maminhas e coxões. Com as duas mãos sacudia o tronco, juncando o chão de pitanga madura, sem alcançar os galhos mais altos.

Da cabecinha tonta o uivo lancinante:

— Ai, minha Nossa Senhora!

— É pecado, bem.

Podia que Deus castigasse. Cravou os caninos na nuca da mulinha na reta final.

— *Par délicatesse...*

Ela gemia, sem entender as fortes pancadas na radiosa nádega, uma cesta forrada de tenras folhinhas e derramando em cachos de uvas rosadas. Perdeu-se de foz em fora e, arrastado pela correnteza, ouvindo o soluço amoroso de Ofélia entre os lírios, adormeceu.

De repente sentado na cama com um grito.

— Que horas são?

Um resmungo abafado:

— Seis horas, bem.

Aos pulos abriu a cortina, a maldição da manhã. Esfregou o pó da vidraça: gente apressada lá na rua. Erguidas as portas dos bares. Caminhões descarregavam caixas de bebidas. Ele não achava a outra meia.

— Dá um beijinho.

Era a gorda envolta na colcha esverdinhada.

— Que beijinho.

Tateando debaixo da cama:

— Onde estás, ó meia desgranhenta, que não respondes?

Essa gorda não me larga nunca mais. A mulinha que o seguia pelo potreiro, relinchava ao distingui-lo na trinca de piás.

Aflito sentou-se na beira da cama, as mãos na cabeça. Se achasse a meia, jurou que. Rangendo o colchão, a gorda babujou-lhe o pescoço, mordiscou a nuca.

Cabiam numa caixinha de sabonete os restos de dignidade. Adeus, ó rato piolhento. Inscrever-se no cursilho. Dois quilos menos de barriga. Não bater nas filhas.

— Só um beijinho — repetia a gorda, implacável.

Decerto a meia no fundo da bolsa de franjas.

Se não a recuperasse, já não voltaria para casa. Perdidas a mulher e as filhas. Prisioneiro daquele quartinho sórdido. Para sempre nos braços da gorda, que lhe roubava o primeiro dos mil beijos da paixão.

O fim da Fifi

De repente já não sobe a escada.
— Por que ela não pode, mãe?
Ao pé dos quatro degraus late, a pobre, que a venham acudir.
— Tem onze anos. É uma velhinha.
Fosse gente, seria avozinha de cabeça branca e bengala.
Aberto o portão, não quer fugir. Renuncia às pompas do mundo: virgem louca — e sem sedutor, mãe amantíssima — e sem filho, bailarina de inferninho — e sem cafetão. Basta-lhe aquecer o pezinho na réstia de sol.
A menina, agora moça bonita, faz-lhe agrado ligeiro. Pronto espoja-se no tapete, perninha no ar, três pulgas riscando o ventre rosado. Abandonada, corre atrás da amiga e pisa-lhe o calcanhar para brincarem. Nem assim, a outra sofre as dores do primeiro amor.
Sem ânimo de ir lá fora (custoso até descer os degraus), apurada no meio da noite, alivia-se no tapete azul da sala — e a dona da casa começa a implicar.
— Depois de velha, sem-vergonha?
Tão nervosa, Fifi boceja sem parar. Censurada porque cheira mal, não enxuga os pés no capacho, traz na cauda folhas secas do jardim.
De castigo mudam-lhe a cama para a cozinha. Fifi protesta docemente (nela tudo é doce, beija a mão que lhe revolve a

faca no peito). Arranha a porta, late uma vez — minto, duas vezes —, logo se conforma.
Esquecem da papinha? Único protesto ao dar com o prato vazio é beber mais água.
Assim que chega uma visita, fechada na despensa escura:
— Quieta, bicha fedida.
Tudo perdoa por um carinho distraído da moça. Não lhe cai um só cabelo que seja perdido pelo olhinho preto sob a poltrona. Onze anos do mais puro amor, sem palavra queixosa nem cara feia, nunca um gesto de egoísmo.
Aquela manhã na pose engraçada, perna para o ar, só que a perna bem dura.
— Quer brincar, dona dengosa?
Ao afagar a cabeça, queima de febre, seca a linguinha roxa com risco preto no meio.
De volta da faculdade, a Fifi não salta da almofada ao ouvir sua mão no trinco e os passos no corredor — *o primeiro dia em tantos anos.*
— Será que doente?
Muito esticada, a carinha escondida na fronha úmida de baba. Agrada-a e vai ajeitá-la, toda torta — a Fifi grita. Ergue-lhe o corpinho escaldante, um pequeno ganido.
— Que foi? Tem dodói?
Não só deitada, parece afundar na caminha.
— Mordida por algum bicho?
Sempre cheirando pelos cantos atrás de formiguinha-ruiva, papel de bala azedinha, migalha de broinha de fubá.
— Que você tem, meu bem?
Lambe-lhe a mão e nela encosta a cabecinha. Abre o olho e, carícia mais preciosa, mordisca um dedo e outro.
— Mãe, veja o olhinho.

O branco do olho uma gota viva de sangue.
— Será que foi derrame?
Só a amiga falar que ela responde abanando a linguinha.
Dois gritinhos lancinantes, arrasta fora da almofada as pernas traseiras, um rastro molhado no soalho.
— Quieta, dona Chiquinha.
A moça lhe traz a tigela de água. Tão dolorida, não pode erguer a cabeça — de repente menor. A amiga molha o dedo e pinga-lhe na língua duas gotas, que escorrem pelo queixinho.
Dá-lhe na boca um pedacinho de carne — em vez de morder, lambe os dois furinhos pretos do nariz.
— Mãe, não pode engolir.
Com grito de susto:
— Ela vai morrer, mãe?
Caso não melhore, a dona chama o veterinário. Ainda ontem rebolava na grama, enxugava no tapete os bigodes, regalava-se ao sol da tarde no corredor.
É o assobio do namorado no portão? Sai correndo a moça. Fifi apenas sorri, cheia de amor e, entrevada, agita duas vezes o rabinho.
Gemendo, se a dor passa um pouco, estira as pernas. Olhinho bem aberto (a imagem da moça nele para sempre), lá se vai latindo nas asas da saudade.

Meu pai, meu pai

Ao mudarem-se para a cidade, o deslumbramento do anúncio luminoso no posto de gasolina. Em vez da broa caseira e a rosquinha de fubá, o pão branco de água e o sonho de creme polvilhado no açúcar. Na casa de madeira, cada vez que chovia, a mãe e o menino correndo com latas para não manchar o linóleo novo. O pior era o barro vermelho da rua.

O menino adorava o pai. Bigodinho, cabelo repartido no meio, negro de brilhantina. Suspensório de vidro, o fino da moda. Longo dedo branquíssimo, cuidado na manicura. Nunca erguia a voz, delicado e manso. Trazia bala, revista, coçava-lhe a nuca, o seu bichinho de estimação.

No almoço a eterna disputa. Chegava afogueado, olho distraído. Laurinho baixava a cabeça esperando o protesto da mãe. Por que o pai tinha de beber?

Atrasado para o jantar. Sentava-se à cabeceira, ciscava o garfo no prato. Qualquer assunto — as crateras da lua, o primeiro canto da corruíra, os monstros cegos no fundo do mar — acabava em feroz discussão. Na tarde amena de primavera uma chuva repentina de pedra.

— Já sei. Regalou-se com pastel e empadinha. E a escrava que...

Trazia sanduíche de pernil que repartia em três pedaços, o maior para o menino. Sua porção a mulher deixava no canto do prato.

Bêbado, incapaz de recolher o carro na garagem. A mãe descabelada e aos gritos, com medo que o roubassem.

Condenados a crucificar um ao outro na mesma cruz. Quanto mais ela brigava, mais ele bebia — uma aposta entre os dois, quem cansava primeiro?

Nunca o menino esqueceu da medonha noite chuvosa. O velho chegou às dez horas. Cambaleante, abateu-se no sofá vermelho da sala. Primeira censura da mulher, quis enfiar o sapato barrento e sair outra vez. Mão trêmula, sem poder com o nó do cadarço. Resmungando, babão e lamentável. De repente irromperam os dois tios:

— Você vai com a gente.

Urros do pai indignado, que se debatia sem força:

— Filhos da mãe. Lazarentos.

A dona chorando de pé na porta. Foi arrastado debaixo de chuva até o carro. A pobre enxugou as lágrimas do menino:

— Não é nada, meu filho. Com esse tratamento ele fica bom.

Quantos dias não viu o pai? Sem perguntar para a mãe, de joelho diante da Nossa Senhora, confabulando com os tios debaixo do são Jorge e o dragão.

Um domingo com a mãe visitá-lo no hospício. O pai de pijama, pingos de café na lapela — em casa tão faceiro. Sentado na cama, lia de óculo — nunca o vira de óculo!

Pela janela gradeada o menino espiou no pátio os hóspedes, todos de pijama e chinelo, algum gesticulante e falando sozinho. A voz baixa e suave do pai:

— Nunca mais te perdoo.

A mãe chorando pela rua desde o asilo até a casa.

Um dia o pai voltou e ficou dez anos sem beber. Começou a viajar a negócio. A mãe discutia menos; pudera, ele mal parava em casa. Mudaram-se da rua de barro para um bangalô azul. O pai comprou geladeira, máquina de costura, carro novo. Combinava o suspensório com a gravata cada dia diferente.

Surpreendido aplicando-se injeção debaixo da pele: agora diabético, era de família. Nem assim renunciou às delícias do pastel de camarão e palmito, cortado quadradinho, igual ao do bar.

O rapaz folheando o velho dicionário, ali na bonita letra: *Faz hoje dez anos que larguei o vício.* Ao pé da página: *Duas pessoas que nada mais têm a se dizer e toda noite se dão as costas no mesmo leito.*

Celebrando o aniversário do filho, tão alegre, bebeu uma dose de uísque. A mãe, de voz tremida e mão no coração:

— Ai, Jesus Maria José. O pai já reinando.

Daí ele bebeu todas as doses.

Três goles bastavam, já desfigurado — aquele sorriso que a família odiava. Carão purpurino, olho meio fechado. Nenhum dente em cima, dois ou três embaixo. Bigode mais longo para disfarçar. Maior o pavor do dentista que do choque elétrico no asilo. Nunca o rapaz lhe viu a boca por dentro. Curioso, até comia bem — moela, coração e sambiquira.

Sobre a geladeira coleção de vidro colorido, vitamina e extrato hepático. Embora comesse menos, barrigudo, sem ser gordo. Perna fina, muito branca, de nervuras azuis.

Desconfiado que a mulher misturava droga na comida, não resistia ao divino torresmo de lombinho, na sua língua derretendo-se em surdina, quebradiço nos dentes rapaces do filho. Efeito do remédio ou força de vontade (no silêncio da sesta o sentido suspiro lá do fundo), algum tempo sem beber.

Dores da idade, o rapaz desafiava o pai, atirava os talheres no prato, saía batendo a porta. O velho ficava lívido, sem voz. Riscava o garfo no prato e, arrastando o chinelo de feltro, fechava-se no quarto.

O moço tinha vergonha do pai diante das visitas. Afável, queria conversar, dispensava pequenas atenções. A voz babosa, olho vidrado. O sorriso de êxtase quase um insulto.

A família em sobressalto, chegaria bêbado ou sóbrio? Sempre de pilequinho, não mais que duas cervejas, cada vez menos resistente. A mãe na porta, ora dragão flamejante, ora são Jorge trespassando o dragão.

Descia do táxi com os braços cheios de pacotes.

— Lá vem o velho bêbado.

Mais que saquinho de pinhão, quarto de carneiro, pacote de fubá mimoso para desarmar a sua fúria. O filho, possesso:

— Que inferno.

O velho trôpego, uma perna mais curta? Direto para o banheiro e, posto escovasse as gengivas, persistia o bafo — vermute com quê?

Dia do noivado, suplicou o moço:

— Pai, não beba. Por favor. Só hoje.

Ofendido e digno:

— Exijo mais respeito.

Fim de noite um chorou nos braços do outro, pai e filho bêbados. Se Pedro, que era Pedro, três vezes negou a Jesus, e mais era Jesus, por que não podia ele renegar o pai?

Noite seguinte, enquanto a mãe se benzia, o moço aos murros na mesa:

— Não aguento mais... Quando vai acabar? Me sumir desta maldita casa.

O velho confuso e sincero:

— Que é que há, meu filho?

Pior que as palavras o silêncio acusador, os suspiros abafados, o olhar de censura do próprio Cristo na Santa Ceia à cabeceira.

Após o almoço, a sesta na cama em pijama de listas. Suando muito, dois banhos de manhã e à tarde.

— Esse aí com alguma vagabunda...

E a mãe, gemendo das cadeiras, escova o paletó usado, que pendura no varal.

Cruel com o velho por amor ao filho? Como podia o filho não ficar ao seu lado? Se não era ela, quem enchia de água o filtro? Sempre lavando e chorando, varrendo e rezando, quem sabia fritar o ovo dos dois lados? Passional, o grito nascia do soluço. Agarrava a sombrinha e batia a porta. O dia inteiro sumida na casa da irmã.

— Onde que foi a mãe?

Em nem uma das gavetas o saca-rolha. Garrafinha de cerveja. Dois copos de vinho tinto. Balofo, vermelhoso, caladão.

— Não sei como é tão engraçado. Com os amigos. O palhaço do botequim.

Bom provedor, sempre um cacho de banana dourada na despensa.

Raro se permitia uma palavra:

— Trinta anos de guerra.

Em surdina:

— Nem consegui que ela desse a segunda volta na chave.

Só se referia à sogra Cotinha:

— Como vai dona Eufêmia?
— Poxa, pai. Tem dó. Assim não dá.

Bem-falante, brilhava na roda de amigos. Cada cerveja queria novo copo geladinho.

— Isso é moda do doutor.

Famoso piadista, longe da mulher.

— Teu pai lá no bar.

Ainda alcançava os risos da história divertida. Cruzava duas e três vezes a porta. Ganhando coragem:

— Vamos, pai. A mãe mandou chamar. A janta esfria.

Domingo ia à missa, sempre na catedral. Amava o esplendor dos altares dourados. Na boca meio fechada o bigode grisalhava:

— Quando eu entro as matracas batem sozinhas.

Tangiam pelos seus pecados. Quais podiam ser? Do amor demais? Muitos anos para saber que copiava as notas do filho na secretaria da faculdade:

— Esse aí vai longe — anunciava para os amigos.

Pobre velho... Eterno menino triste, infeliz, humilhado. No circo de baratas leprosas, que era o doce consolo de um e dois tragos?

Bem casado, o filho escutava um disco, rolava o gelo no copo. Se nada lhe faltava, por que ensaiava a mulher as primeiras censuras? Bebendo mais que o pai, era diferente: nunca daria vexame. De quem a expressão dolorosa: a noivinha que o olhava ou a mãe para o monstro do pai?

Ela atendeu o telefone:

— Teu pai desmaiou na rua.

Carregado pelo amigo para o hospital. Acenou ao filho, que se debruça na cama:

— Mandou consertar...

— Sim, pai. O relógio.
— Desculpe...
Sorriu agradecido.
— ... o perdigoto.

De repente gaguejou frase desconexa. Pensava uma coisa, a boca torta dizia outra. Cômico sem querer. Aflito até as lágrimas no esforço de falar.

Recusou a comadre. Contra as ordens do médico, foi ao banheiro. Lavou as mãos. Penteou o cabelo. Abriu a boca — e, antes do grito, caiu fulminado.

Ao vê-lo em sossego no caixão, o filho reconheceu como eram parecidos. O mesmo pavor do dentista. A mesma graça que divertia os parceiros de bar. Só que ele tinha todas as desculpas e o velho nenhuma.

Como se faz para pedir perdão ao pai? Ainda não era tarde. Reconciliados, agora se dariam bem. Pouco importava um estivesse vivo e outro morto.

Dá uivos, ó porta, grita, ó Rio Belém

Lá vem a primeira mocinha arrepiada, braço cruzado no peito — de frio dói o pequeno mamilo? Ao descer a calçada os longos cabelos batem na nuca, rolam no ombro, cobrem a terra de raios fúlgidos.

Criadinhas circulam pra cá e pra lá com o pacote de leite e o cartucho de pão. Da cozinha o cheiro pungente de café e o estalido de ovo frito dos dois lados. O eterno susto ao parti-lo sobre a frigideira — e se na imaculada gema, ó Deus, brilha uma gota de sangue?

Carros furiosos já cruzam a esquina. Uma e outra velhinha, missal na mão, corre aflita — atropelada é que não vai para o céu.

Nos relinchantes corcéis de sonho galopam os pequenos alunos com gritos de guerra. Logo atrás as mães gorduchas com livros e lancheiras. Alguma se lembrou da maçã para a professora?

Eis uma freirinha de óculo, toda de preto, corneta branca e — oh, não — um jornal de título vermelho dobrado no braço: O VAMPIRO ATACA NO CONVENTO.

A garrafa no bolso da calça, um bêbado coça a tromba purpurina e proseia divertido com a nuvem de voz grossa.

Lá do Passeio Público, o brado retumbante do leão, esquecido pelo último circo. O peludo distrai-se e o velho rei foge da gaiola. De manhã a vizinha abre a porta. Quem está, encolhido e miserável, sobre o capacho da varanda? Olho lacrimoso, suplica: *Dona, me acuda. Me salve do domador. Que tanto me judia.* Ela pula a janela da cozinha, dá o alarme. Vem o peludo com uma cordinha, que amarra na juba desbotada e, sob a vaia dos piás, arrasta o pobre pela rua. Desdentado, apenas boceja: *Essa friagem de Curitiba... Só piora a minha bronquite.*

Surge a mocinha loira, cara lavada e vestido vermelho. Dentre todas a única de vestido — não é macieira coberta de botão e ressoante de abelha? Até as pedras batem palmas para a mocinha de vermelho.

Debaixo da janela os pardais pipiam aflitos: *Como é, velhinho, bebeu ontem que dormiu demais? Cadê as migalhas de pão quente?*

Uma enfermeira de terninho branco atravessa a rua seguida pelo carrinho prateado — glória ao matador que cedo madruga.

Boneco rabiscado no bafo do vidro, a idiota reina sozinha no quarto. Revira pelo avesso, come o que encontra — do que mais gosta é sabão de coco. Sossega um nadinha, a mãe enfeita a Eponina, posta à janela, penteada e fita azul no cabelo.

Aos trancos arrastam-se a carroça e o cavalinho só osso. No sinal vermelho, o menino de pé estrala o chicote, sacode a rédea, assobia os dois dedos na língua — não é tarde para tirar o pai da forca?

O velhinho muito digno abaixa-se de repente, apanha... um toco de cigarro? Não, uma bolacha meio derretida, que enfia na boca e chupa, gostoso.

Lá vem o guapeca imundo, que um dia foi branco, trotando de lado e pulando de frio em três patas, encolhida ora uma ora outra.

O tipo de olho esbugalhado e touca verde esfrega-se (nu, nuzinho debaixo do poncho de lã xadrez), uivando e espumando para a menina que foge aos gritos.

Uma decrépita casa de janela fechada. O filho único da viúva brigou com a noiva na procissão da Sexta-Feira. Mais tarde, diante da porta chama o nome da traidora. Quando ela afasta a cortina de bolinha — ai, que desgraça —, João dá um tiro no peito. Muitos dias a cidade desfilou para ver o sangue na calçada. Em vão a moça lava e esfrega com água e sabão — até hoje ali a mancha.

Os dois velhinhos — ela, negro buço, voz rouca, perna arqueada, ele, carão sanguinoso, queixinho trêmulo, arrastando o pé — começam outra vez a discussão do primeiro dia. *Bem que era feliz com meus pais*, diz ela. *Sua corruíra nanica*, diz ele. *E não me responda.*

Dois senhores faceiros de boina azul. O mais moço, antes de enfrentar a rua, enfia a mão trêmula no braço do outro. Corridinha ridícula para escaparem dos carros. De prêmio, na volta, o filho carrega o cartucho de pão. Olhinho perdido, risca de sangue no queixo e, inchando a bochecha, uma bala azedinha.

Aberto desde já o famoso Caneco de Sangue — ou nem mesmo fecha? Do grande carro branco desce o rico senhor. De pé no balcão oferece um conhaque ao jovem desconhecido. Para os dois não é manhã porém fim de noite. *Que moço bonito. Você me agrada. Como se chama?* Rosicler para você. *Sua bicha-louca. Meu filho fosse bicha que eu...* O mocinho delicado ergue a bolsa. *Ah, é? Bicha eu sou.* Com o revólver na mão. *Não sei se sou louca.* Dá uivos, ó porta, grita, ó Rio Belém. *Sei que você está morto.*

Último fantasma da névoa ali na sombra tiritante da árvore. O sol rebrilha nos mil olhos do novo edifício. Em cada janela, atrás da cortina, tossindo e se coçando, um velhinho sujo atira beijo para a sua criadinha.

Cabeça baixa, o sargento passeia a sua tristeza. A filha escondeu do noivo que sofre de ataque, ama-o demais para perdê-lo. Na lua de mel tem três acessos: uiva, baba, morde a língua. Repudiada, ingere vidro inteiro de bolinhas e ateia fogo às vestes. Tão bonita no caixão. Quanta gente no enterro. O noivo arrependido: *Por que ela não me disse?*

Rebola o anãozinho de grande boné, todo pimpão de amarelo à porta do restaurante, soprando fumaça azul e correndinho para abrir a porta dos carros.

Atrás da cortina, vigiando a rua, o contista se repete: Pobre Maria, pobre João que, em toda casa de Curitiba, se crucificam aos beijos na mesma cruz.

Lá vem ela... lá vem ela... As folhas cochicham e desprendem-se do galho para forrar o seu caminho. Vaidosa, espia a imagem no vidro dos carros parados. Em cada sinaleiro à sua passagem acende-se o arco-íris. Eis a prova de que, se Capitu não traiu Bentinho, Machado de Assis chamou-se José de Alencar.

Ela gostava de boneca? Não, ela gosta de boneca. Dorme com o radinho debaixo do travesseiro. Ao lado da cama o seu crochê e a velha bíblia. No tapete o chinelo arrumadinho, nunca virado. Um copo d'água vigia o seu sono. Ao acordar, dela a metade. E a outra, suas violetas que bebem. Mansa corruíra, com elas conversa. Ah, não — é o maldito despertador? Lá se foi asinha.

No portão a criadinha discute com o guarda-noturno. Bota no chão o pacote de leite e o cartucho de pão. Estala um tapa no rosto: *Você não é homem*. João saca do punhal, golpeia no pescoço. Quando o enfia na barriga, Maria geme:

Estou ferida. Só não me mate. Já morta, ele dá terceira punhalada no peito e sai correndo, a mão vermelha no ar.

Bom dia, Curitiba — ó vaca mugidora que pasta os lírios do campo e semeia fumegantes bolos verdes de sonho.

O beijo puro na catedral do amor

— Sou a Maria.
— Que Maria?
— A Mariinha, ora.
"Ó Senhor, não sou digno — Mariinha é isso?"
— Não me acha um pinheirinho de Natal?
Pulseira prateada, brinco azul, colar vermelho.
— Assim que eu gosto.
Mais o famoso dentinho de ouro.
— Você sabe...!
— Isso eu fiz. Já não me lembro. Eu não era de rua. Menti para o pai que tinha um emprego. Não sabia nada e meu emprego foi esse.
— Quanto tempo ficou na vida?
— Uns dois anos. Só com homem sério. Escolhido.
— ...
— Até um velho. Caindo aos pedaços. Era bom para mim.
— ...
— Um moço bonito que me pediu. Queria mais uma mulher. Ele trazia um amigo.
Estende a mãozinha fria por sobre a mesa:
— Só que o amigo era para ele. Chega de falar de mim. Conte de você.

Que fica de pé. Tira o paletó.
— Comece.
A moça olha bem:
— Que engraçado. Com talquinho.
— Não tenha medo.
Ainda sentada, inclina-se:
— Já me esqueci.
À sombra da pedra a lagartixa dardeja a linguinha.
— Que tal ele?
— Ele quem?
— ...
— É bonitinho.
— Olhe para mim. Fique olhando.
Sem deixar de, sem piscar, sempre a falar:
— Gosto de revistinha suja. Você tem?
— Aqui, não.
— Mais uma coisa. Quero ser efetiva.
— Nada de efetiva. Sou casado. E bem-casado.
— Tua mulher não precisa saber.
— Como você prefere, anjo? Vamos de pé?
— De pé, não. Melhor deitada.
— Onde é que... Tem cadeira demais.
Tilintar frenético de pulseira. Depressa livra-se de uma e outra calça.
O primeiro beijo na boca.
— Quer ser...
Gostinho danado de velha bagana catada no cinzeiro e acesa outra vez.
— ... meu avalista?
— ...
— Não responde, bem?

— Agora não fale.
— Ai, não aguento mais.
Deitada, estende os braços. Ele, de calça, colete e óculo, vai por cima.
— Ponha.
— Não entrou. Espere um pouco.
— Está no lugar?
— Ponha tudo. Tudo o que puder.
— ... (Óculo turvo.)
— Mais. Tudo. Mais.
Em delírio sacode a cabeça:
— Ai, que bom. Como é bom. Quero por baixo. Depois por cima. Seu puto. Quero tudo.
Tão pequetita, não lhe alcança a boca.
— Me dá um carrinho vermelho, bem?
— ...
— Quero mais. Continue. Que é bom. Não pare. Você não fala? Meu marido...
Ele sente os rodopios da barriguinha, o remoinho da concha nacarada.
— ... não presta mais. Que falta eu sinto. Faço tudo. Poxa, por que não fala? Peça...
— Ai, amor. Pisque. Agora.
— ... o que quiser. Grande puto. Rasgue. Mais. Quero tudo. Tire sangue. Mais.
— Eu já.
— Ah, não. Já? Tão ligeiro?
Pingo de suor na pálpebra. O coração aos berros da corrida louca. Uma veia na testa ao ponto de explodir. E ela? De pobrezinha, choraminga.
— É aqui?

— Bem aí. Que mão boa. Abençoada. Ponha a mão inteira. Ai, como é bom. Quero ir por cima.

Com ataque rola o branco do olho — que tal se essa bichinha morre?

— Agora se vista.

Já arrumadinho, óculo um tanto embaçado.

— Depressa. Pode ter gente na sala.

Mão no bolso, dá-lhe as costas.

— O primeiro quem foi?

— Meu noivo. Mais a velha ralhava, eu mais sapeca. Até que aconteceu.

Tinido de pulseira, colar, brinco. "Ai, desgraçado, não olhe."

— O relógio bateu bem na hora. Duas da tarde. Atrás da porta da cozinha. De pé.

— Era menor?

— Dezoito anos. Já viu.

— Foi bom?

— Doeu. Mas não muito. Como arrancar um dente mole.

— ...

— Não achei emprego. E caí na maldita vida.

Ele apanha a bolsa vermelha, insinua duas notas dobradas: olhinho amarelo de cobiça. Sabe — quantas são? — o que ela pensa.

— Já enganou teu marido?

Lá fora pode abrir e ver. Tarde para reclamar que é pouco.

— O doutor é o primeiro.

Três anos casada. Bancário, forte, bigodão.

— Sempre uma criança chorando entre nós. Sábado ele é a pajem. A vez de fazer a mamadeira. Conhece o que é bom.

A menina de dois anos, o pequeno de alguns meses.

— Cansada de lavar roupa. Saudosa das festinhas do passado. No salão cuido da beleza. Com tapinha na barriga. Ela é japonesa, a massagista. E — já pensou? — ceguinha.

Sem tirar a carteira, o doutor alcança um cigarro.
— Não me oferece?
— Que pena. O último.
— E faço umas comprinhas.
— Como hoje.
— Ele perdeu o interesse. Se queixa de fraqueza.
— ...
— O que pode ser, doutor?

Chora, maldito

Sofri um abalo, meu velho. Vinte e um dias fiquei desligado de tudo. Desastre de carro? Muito pior. Perdi a minha patroa. Faz hoje setenta e cinco dias.

Morresse de doença, aos poucos, eu me conformava. Você a conheceu: mulher sã, oitenta quilos, corada.

Não ocupou médico, nunca doente. Quinze dias antes finou-se minha mãe. Enterramos a velha. Já foi um sofrimento. Na volta ela me apertou a mão: *Tome cuidado, João. Está muito nervoso. Não invente de morrer. Sem você* — e me deu um beijo molhado — *que será de mim?* E quinze dias depois, quem me falta?

Era domingo, recebemos o compadre Carlito. Sempre despachada, estalando o chinelinho. Fez almoço especial, galinha com polenta, salada de agrião. De noite deitei mais cedo. Me lembro, ela saiu do banheiro, a camisola de fitinha. E disse: *Pegue aqui, João. Veja que bate depressa.*

Tinha bebido, a pobre, um copo de vinho tinto. Maldito, sabe o que pensei? Bem eu queria. Botei a mão trêmula. Casado tantos anos, seis filhos, e perto dela ainda tremia. Levei um susto: o coraçãozinho latindo. Quem sabe chamo o doutor. *Não carece, João* — e alegrinha sorria. *Não dói.*

Não estava pálida nem nada. Marcou o despertador para as cinco horas. Na velha camisola rosa desbotada. Ainda beijei, quando ia desconfiar, as queridas sardas na bochecha e no colo arrepiado de cócega. Muita noite ali descansei a cabecinha aflita.

Outra igual não existe. Nunca brigamos. Aqui cheguei de cesto vazio. Me ajudando, ela costurava para fora. Quando melhoramos de vida, falei: Agora você tem de parar. Mas você parou? Nem ela. Até o último dia.

Duas da madrugada. Acordei com gemido feio. Acendi a luz. Dei com ela: sentada na cama, cara roxa, grande olho branco.

Olhei para ela e não podia acreditar. Lábio azul, o dente cerrado. Tentei abrir — saiu gosma de espuma com sangue. Daí me pus a gritar. Chamei de volta, não me ouviu. Lutei com ela, que se mexesse. Uma dona daquelas, oitenta quilos, não é fácil.

Acordei a família. Acudam, ela morreu. De cueca e descalço correndo para a rua. Quando voltei com um vizinho os filhos ali no quarto. O mais pequeno subiu nela aos gritos: *Acorde, mãezinha. Fale comigo, mãezinha.*

A gente não se convence. Ainda chamaram médico. O que ele fez foi me dar bruta injeção. Fiquei meio bobo. Não sei quem a vestiu. Lembro mal e mal do guardamento. Ao enterro não fui, minha sogra não deixou.

Ficamos sós, eu e os seis filhos. Menos mal já estão criados. A mais velha é casada. Noventa quilos, puxou à mãe. Sabia que era avó? De uma netinha. Com dois meses quando ela se foi.

Pior a primeira noite sem ela. Acendi todas as luzes. Rodeei a cama de filhos. No lugar dela o menor de doze anos. Fiquei vinte e um dias sem prestar para nada. Até hoje esqueço tudo. Às vezes não sei fazer uma conta. O médico pensou até no asilo. Já me viu no meio dos loucos?

Hoje são setenta e cinco dias da morte. E vinte e dois anos do casamento. Dela não guardo queixa. Tão econômica, do dinheiro usava só a metade. Por que não gastou tudo? *Não deu*, ela acudia. *Não tive coragem.* Essa roupinha sabe quem costurou? Existe dona igual?

Candidata é que não falta. As filhas acham que devo. Viúva moça, solteira de prenda. Até com dentinho de ouro. Alguma que nem mereço. Tão enfeitada e viçosa.

Se foi plano de Deus, bem sei, devo me conformar. De dia me distraio na oficina. Mas de noite? Pensando nela me bato a noite inteira. Minha cama, nela eu deitava. Colcha de pena de colibri, com ela me cobria. Doce cadeira de balanço, nela me embalava. Apagada a luz, erguia a camisola. Cego, de repente eu via — no lombinho tão branco duas luas fosforescendo.

Saudade judia do corpo? Sinto a vista cansada, mal posso ler. Toda manhã faço a barba, ainda aparo o bigode. Ela morreu — e não raspei o bigode. Três dias que o olho está seco. Me esbofeteio com força. Chora, maldito.

O grande deflorador

— Maria é o meu nome. O mesmo da mãe de Nosso Senhor.

Exala a mentruz com arruda. A patroa não quer saber — o cheiro da santa? Que tome dois banhos por dia.

— Escolha o arroz. Já lavou a roupa? Grande preguiçosa. Varra a calçada.

— Não sou sabão. Em duas não posso me repartir.

Tanto bastou que a patroa:

— Erga-se daqui, ó coisa. Suma-se. Rua.

Lá se vai Maria com sua trouxinha.

— Hoje fiz uma oração para São Jorge. Que cuida do boi e do cavalinho.

De pequena perdeu o pai. Vingaram ela e o caçula. Sete anjinhos haviam nascido e logo morrido.

A mãe conhecia os mistérios do mundo. Cada vez que faltava uma criancinha:

— Deus chamou. Deus quando chama sabe o que faz. Esse que aí está não seria um malfeitor?

Eles tinham tudo em casa. Tudo quer dizer a carroça, o arado, dois cavalinhos, a criação de galinha e porquinho, o paiol de feijão, batata, abóbora. E — grande orgulho da família — a máquina de moer milho.

A mãe estava bem sã. Um dia avisou:

— Logo vou faltar. Se preparem os dois. Cuide do seu irmão.

Desde menino o irmão bebia.

— A mãe não tem nada.

— A mãe sabe. A morte é uma planta que nasce no coração.

Naquela manhã a moça acordou cedinho.

— Que dia lindo para lavar roupa.

Pediu a bênção para a mãe. Enxada no ombro, foi para a roça com o irmão. Na volta, a velha estava caída a par da cama. Água saía dos olhos.

— Parece que ainda me viu.

Bradou pela vizinha que veio e ficou de joelho:

— O pulso fugiu. Sua mãe foi embora.

Mais água limpinha dos olhos de Maria.

— Eu e a vizinha vestimos.

Ela disse que não tivesse cuidado.

— Deixe, Maria. Eu mato a leitoa para o guardamento.

Entrou na cozinha e o mano José ali chorava. Com a cabeça deitada na mesa.

— Agora não adianta ter pena da mãe.

Desde menino o irmão bebia e judiava da velha.

— Ela já se finou.

Daí o José foi botando tudo fora: a carroça, o arado, a galinha, o porquinho.

— Só salvei um cavalinho. Levei para o rancho de nhá Zefa.

Fez o sinal ligeiro da cruz.

— Não é que pesteou, o infeliz?

O irmão caía borracho na valeta.

— Sabe que uma vez ele me surrou? Com o arreador. Acertou no pescoço. Tenho a marca até hoje.

Pela maldita cachaça trocou a batata, a abóbora, o feijão.

— Chorei, o que mais? Da dor e do sentimento.

Por fim a máquina de moer milho — a grandeza do finado pai.

— Mais que eu quem sofria era o José.

Sem o que beber, não é que a irmã ele vendeu a um velho caolho?

— E ainda perneta.

O velho chegava bêbado. Logo ia surrando a pobre moça.

— Lave meu pé, mulher.

Que trazia a gamela de água esperta.

— Agora enxugue.

Ela ficava de joelho.

— Com o cabelo, mulher.

Comprido e bem preto. De tanto apanhar, a cabeça meia de lado.

— Na hora da janta só de ruim espatifava o prato na parede.

Reinava antes de dormir. Não sossegava enquanto não punha a moça debaixo da cama.

— Cabe, sim. A cama do sítio é alta.

Ela embaixo. Ele em cima. De vez em quando erguia o braço. Estalava o rebenque na dona encolhida.

— Não sai daí, diaba.

Ai dela, nem se coçar podia.

— Eu, quieta e calada, rezava o terço.

Até que descalça correndo na chuva.

— Dele eu fugi. Levei um rolinho na barriga.

Aos sete meses nasceu morto — o mais lindo menino.

— O José ainda vive?

— Ainda bebe. Outro dia apanhou na venda. E apanhou muito. Por amor de uma viola. Comprou a viola e queria destrocar.

Ri alegrinha e esconde na mão a gengiva murcha.
— A bugra não tem dente.
O último canino torto, nenhum incisivo.
— Que tal um namorado, Maria?
— Só de longe.
Bendita e cheia de graça.
— De você, Maria? O que vai ser?
Sem cavalinho pesteado nem nada.
— Tenho o amor de Jesus Nosso Senhor e do Divino Espírito Santo. Vou levando a vida. E rolando pelo mundo.
— Com fé em Deus.
Deus, ó grande deflorador das criancinhas.

Modinha chorosa

— Sonhei que estava num quarto com espelhos. Sabe aquele hominho da revista? Queria que eu conhecesse a mãe?
— O velhinho da bíblia.
— Não esquece nada, hein? Primeiro estava com ele no quarto. Bem gordo, ele que gordo nunca foi.
— Espelho no teto, não é?
— E na parede. Acha que alguém engorda tanto e continua o mesmo?
— Em sonho tudo pode ser.
— De repente já não estava ali. Me vi atrás da parede do quarto vizinho — uma parede fina de madeira. Ouvindo a conversa dele com outra mulher.
— O que falavam?
— Mal de mim.
— Diziam o quê?
— Como lembrar, se era sonho? Não vi a mulher. Quem era não sei. Fui espiar os dois. Tirei o ouvido da parede, abrindo a porta, devagarinho. Como era pesada. Que aflição, João. Sabe o que vi?
— ...
— Um cachorro e uma cadela. De costas. Um de cada lado. Engatados.

— Quer que te explique o sonho?
— Seja bobo. Você não estava lá.

***

— Parece uma boneca quebrada. Sem ação. Por que não finge?
— Não sei fingir. Já te disse.
— Hoje a boneca sou eu. De você a iniciativa. Vai me possuir. Sou eu o passivo.
— ...
— Mexa, amor. Fale. Me aperte. Machuque. Faça tudo.
— ...
— Ai, amor.
— ...
— Quero dar para você.

***

— Próxima vez amor, venha de minissaia. Você vem?
— Tenho um saiote. Dá por aqui.
— Que beleza.
— Branco e plissado.
— Ó maravilha. Branca que te quero. Na volta do banheiro, não de calcinha, mas de saiote. Só com ele. Nada por baixo. Faz isso por mim, amor?
— Quem sabe? Não custa.

***

— Esqueceu o saiote?
— Não vim aqui para isso.

***

— Você não participa. Não geme. Nem suspira.
— Te satisfaço, não é? Ainda quer mais?
— Às vezes fico meio frustrado.
— E eu não? Mas não reclamo.
— Lembra-se da tarde em que deixou o sofá molhado de suor?
— Saí daqui com dor de cabeça.
— Bem o contrário. A dor de cabeça passou.

***

— Houve uma vez, sim, em que você gemeu.
— Eu? Nunca.
— Até gemeu alto.
— Agora me lembro. É mesmo. Eu gemi.
— Viu, amor?
— Essa tua fivela da cinta. Estava me machucando.

***

— Trouxe?
— O saiote, não. Minissaia azulzinha. Quer ver?
A mesma alegria que na presença do dono sacode o rabinho do cão.
— Que maravilha. Ponha logo. Fecho os olhos. Na maior aflição. Sem calcinha.
Ela entra no banheiro. Primeira vez na vida o que eu mais sonhava. Quando vem, o relampo do sol nos olhos. A calça comprida e a bolsa na mão esquerda. De saiote branco plissado. Quase me ajoelho.
— Ai, não tirou?
— ...
— Linda assim mesmo.

— ...

— Deixa pôr nas coxas da mocinha. Que bom, a coxa imaculada de uma virgem. Mexa.

Ela não se mexe.

— Me aperte. Ai, amor. Faça tudo.

Ela não aperta, ainda reclama.

— Assim não gosto, João.

***

— Assim não faço.

Ele oferece o dobro.

— O que pensa que eu sou?

— Vista-se. Raspe-se. Não me apareça mais aqui.

— Acha que a tudo sou obrigada?

— Nem você nem eu.

De beicinho lacrimejante.

— O que você quer mais? Não te satisfaço?

— Só pela metade.

***

— Se você não chamasse, nunca mais eu voltava.

***

— Voltei a namorar aquele rapaz.

— Por que não diz o nome?

— Não interessa. Morro de medo de intriga. Só me falam que a filha de não sei quem está dando. A viúva de um outro pulou a janela. Medo louco que saibam eu venho aqui.

— E eu? Qual o interesse em revelar o nosso caso? Não sou casado?

— Ah, bem. Então eu conto.
— ...
— Ele é filho do Costinha.
— Aquele do açougue?
— Você conhece. Rapaz alto, magro, sem boniteza.
— E o nome?
— Fernando. Homem procura, João, quando a mulher não quer. Nada mais certo para reduzir o homem do que ser ruim.
— ...
— Com esse eu fui má. Por isso é que voltou. Não gosto de beijo, e pronto — eu disse. Nosso caso está terminado. Fique com as tuas negras.
— Que bobagem.
— Jurei que não voltava mais. E quando eu juro... Ficou trinta dias sem me ver. Eu, quieta. Eu, esperando. Até brigou com a mãe — lavou a calça com o papelzinho do meu endereço. Ele queria telefonar e não podia. Sei me valorizar. Um sábado, meu irmão lá em casa, pela janela eu vi o carrinho verde. Corri para o quarto. Meu irmão atendeu. Pensa que apareci? Demorei, me enfeitei. Tinha lavado o cabelo. Pus uma blusa vermelha de seda, uma calça justa, preta. Abri a porta assim uma princesa. Foi aquele susto. Ele não sabia onde se esconder. Fumava sem parar. Eu, rindo. Gostosona.
— Ai, doce inimiga: não vê o bicho cabeludo no meu peito que bebe deliciado mais uma gotinha de sangue?
— Toma um cafezinho? *Não sei se...* Já derrubando a xícara. Uma xícara que nem estava na mão. *Quer ir a uma festinha?* Eu me virei, um olhar que dizia não. Ele tossiu.
— ...

— Jantamos no restaurante. E até as onze ficamos num baileco. *Já é tarde*, ele disse. *Está chovendo. Teus pais vão estranhar.* Os delicados sabe que gostam de mulher braba? Na chegada lá em casa, o pobre viu o meu sapatinho de feltro. Pisou na grama, a água passa. *Não pode molhar o pé.* Dei um risinho de boneca. Me depositou no degrau da varanda. Segura, alimentada, pé enxuto.

— Dançando, não te encoxou?

— É incapaz. Puxa, que você.

— Dele está gostando?

— Amor, não. Afeição, sim. E vontade de casar. Basta de andar a pé. E não é ciumento. Isso é bom.

— Casada, você vem aqui?

— Por que não? Nada de beijo, não pense. Só uma conversinha.

— Então está decidida?

— Se não brigo outra vez. Deixa te contar do meu aniversário. O Nando veio a Curitiba comprar o presente. Bobinho, nem sabe escolher. Me deixou esperando com duas tortas e foi à casa da irmã. Começou a demorar, o desgraçado. Tanto que uma hora eu falei: Ele que vá à merda. E peguei o ônibus.

— E as tortas?

— Levei comigo, louca da vida. Equilibrando no colo. Pouco antes do almoço, gago de aflito, foi chegando lá em casa. Com um buquê de rosas.

— Ah, desgra...

— Vermelhas. E o presente embrulhado. Um secador de cabelo.

— Sem cartão?

— Cartão impresso. Com letra dourada. Que horror, João, letra dourada. Embaixo, a assinatura tremia.

— O que dizia?

— Essa bobagem. *Felicidade perene. Amor, estremecido amor*. Burrinho, não sabe escrever. Usou o cartão.

— E o aniversário, como foi?

— Refrigerantes. As duas tortas. Um bolo de vela.

— Vinte e cinco aninhos?

— Já te disse. E quatro. Arrumei tudo, direitinho. Meus pais são do sítio. Já eu sou moça da cidade. Comprei pratinho de papelão. Talher de plástico. Guardanapo de papel.

— Teu irmão, aquele que surrou de cinta a mulher, estava lá?

— Esses eu não convidei. Dele tenho vergonha. De criança já não gosto muito. E criança porca, malcriada, então... A menininha, essa beliscou a samambaia, abriu minha gaveta. Dei um tapa na mão. Sabe o que disse? *Sua veada*. Dei outro tapa. Na boca. Não fiz bem?

— Muito bem. Secador de cabelo, hein?

— Para os meus belos cabelos.

— Essa mecha branca? Por quê?

— Não chateia, João. Que tal se apareço aqui de falsa loira?

— Daí caio de joelho e mão posta. Dá um beijinho?

— Hoje, não. Nem respeita o meu aniversário?

— Beijinho é tão bom.

— Não quero, e pronto.

— Louco por você.

— Já é tarde, João. Desista. Hoje, não.

— ...

— Não me dá o dinheiro?

— Que dinheiro?

— Você é mesquinho, João. Como é ruim. Tudo você quer retribuição, não é? Vim receber meu presente de anos. Não me vender.

***

— Como vai de amores?
— Já não quero saber. Agora sou moça séria. Estou a fim de casar.
— Dá um beijinho?
Não responde, como sempre.
— Sim ou não?
Olha o reloginho.
— Estou com pressa.
Ele fecha a porta. Ela entra no banheiro, mas braba.
— Venha sem calça.
Apaga a luz, à espera da visão deslumbrante.
Ei-la, calça comprida e sacola no braço, as coxas fosforescentes. Ainda de botinha marrom.
— Minha bota rebentou. Não tem conserto, diz o sapateiro. Rompeu o zíper. Prendi com barbante.
— Está linda. Assim que eu gosto.
Aflito abraça-a e suspira fundo.
— Me aperte.
Tão sem graça o aperto, que dá raiva.
— Me envolva. Com força.
Sem vontade, ela finge que.
— Agora a calcinha.
— Que ódio, essa bota. Quase enroscou.
Ele ergue a blusinha de renda.
— Não morda. Que dói.
— Tão bom pegar nessa bundinha.

— Não gosto, João, que diga nome.
— Olhe só. Veja como é quentinho.
— Espere um pouco. Pôr um elástico na bota.
— Oh, não. Agora, não.
Procura na bolsa, acha o famoso elástico, prende-o em volta.
— Agora, vire.
Vira-se com a mão atrás. Abraça-a na barriguinha.
— Ai, mãezinha do céu. Mexa.
Como sempre, não se mexe.
— Agora, sente.
Ela senta-se na ponta do sofá. De blusa e botinha com elástico. Deita-se sobre ela, sem encostar.
— Cuidado, você.
Ele ajoelha-se, contempla-a do umbigo à covinha do joelho.
— Tudo isso é meu?
— ...
— Deixa eu beijar?
— Hoje, não. É tarde.
— Só uma vez.
— Devo respeitar o Nando.
Lateja a língua de fogo, ela estremece. De repente afasta-o com força. Ele inverte a posição: sentado agora, ela de joelho.
— Capriche.
Afaga-lhe docemente o cabelo. Ela sacode-se.
— Não me despenteie.
Ressoa na parede o relógio.
— Agora, amor.
Sobre a mesa dispara o telefone.
— Me beije.

Berra o pobre coração.

— Que eu morro.

Entre as nuvens, sem tocar no guidom, pilotando a bicicleta de uma roda — lá vou eu, mãos no ar.

***

— Não gosto de você, João. Mas não fique triste: não gosto de ninguém. Nem de minha mãe eu gosto.

Com o facão, dói

Mal a pobre se queixa:
— Ai, que vida infeliz.
Ele a cobre de soco e pontapé:
— E agora? Está se divertindo?
A família vive em constante desespero com as atitudes violentas do homem.
— Ele parece louco. Mais de ano que não trabalha. Não é capaz de pegar um copo d'água. Tudo tem que ser dado na mão.
Para ganhar um dinheirinho, dona Maria se arrebenta de tanto que bate roupa.
— Sou uma escrava. As duas filhas mais velhas sustentam a casa. Uma é caixeira e a outra doméstica.
A última cena de fúria na noite de sábado. João começa a bater em Rosinha, de treze anos. Vendo que já está bêbado, ela pede que não convide o vizinho para jogar víspora. Além de ser muito tarde, o pai continuará bebendo, ainda mais raivoso.
Como o pai espanca a irmã, que nada fez, a caixeira Odete, de quinze anos, tenta acalmá-lo e acaba também apanhando. Em defesa das filhas, acode dona Maria, a maior vítima. Alcançando o cabo de vassoura, João surra tanto que a deixa de cabeça partida e o braço direito quebrado.

— Só o começo, sua bandida. Para você aprender.

Além das duas meninas, o casal tem mais três filhas menores, que também apanham, dia sim, dia não. Todas são vítimas dos ataques de João. Depois de surrá-las sem piedade, promete matar uma por uma se não obedecem às ordens.

— O distinto vive como um rei. Ao acordar chama as filhas. Que uma lhe lave os pés. Outra penteie o cabelo. E, todo nu, façam massagem pelo corpo.

— Não sou o galã do barraco?

Agarra e beija as mais velhas — com força e na boca. Você piou? Já viu: apanha sem dó. Ele passa o dia bebendo, chega em casa, reina por um nadinha. Decidido a se vingar na mulher e os cinco anjinhos.

— João vive de porre. Sempre mais bêbado que são. Já cai na valeta antes da porta. Se não bastasse, até fome a gente passa.

Sem sossego, ele se queixa de Maria, que lhe roubou a paz de espírito.

— Não aguento mais. Ela fez uma ligação no meu corpo. Me usa como se eu fosse um telefone. Enrola o meu intestino, puxa para um lado e para outro. Assim toma conta de minha mente.

Quinze anos ela sofre com o seu querido carrasco, explorada até o último cigarro.

— O pobre bebe desde criança. A mãe que ensinou. Quando o conheci, já no copo. Eu tinha esperança que mudasse.

— São um bando de feiticeiras. A polícia tem que tomar alguma providência. Isso tem de ser proibido.

Outro dia ela atende no portão um piá que pede prato de comida. João pela rua aos gritos que é dona infiel.

— Me tapou o olho com um bruto soco. Me atropelou fora de casa. Dormi no sereno, encostada na parede. As crianças ele chaveou dentro. Bateu na mais velha com um cabo de facão. Sacudia pelo pescoço. Jurou o fim de nós todas.

— Essa mulher faz arte de bruxaria. Quer me arruinar. Tem de haver alguma lei que proíba essa ligação. Eu sou sadio. Não é que me internou no Asilo Nossa Senhora da Luz? Onde estou ela me persegue, toma conta da minha cabeça, só me azucrina.

Dona Maria, sofrendo maus-tratos do companheiro, não sabe como resolver o seu problema.

— Eu gostava dele. Depois desse bendito sábado, quero distância. Quanto mais longe, melhor. De mim e dos anjinhos. Já trabalhamos, eu e as duas meninas. Que ele me dê o barraco, é das crianças. Mais a pensão delas. Casada não sou. Sei que tenho direito.

— Para se apossar da casa, ela rouba a minha vida. Torce a minha memória, amarra o meu intestino, quer mandar em mim. Isso não pode acontecer.

Desanimada, Maria sonha ficar em paz, na companhia de Odete, Rosinha (a ponta do mindinho por ele decepada com a faca de pão), Suzana, sete anos, Filó, três, e das Dores, um ano e seis meses. Todas registradas da Silva, o sobrenome de João.

— Essas eu fiz para mim. Qualquer dia me sirvo. Filha minha para outro não engordo.

— Ele diz que não pode sem a velha. Quem gosta faz o que me fez? Me rachou a cabeça. Partiu o braço, logo o direito. Agora como é que lavo roupa?

João sabe que é difícil explicar sua história. Como não é fácil para os outros entenderem.

— Quando são, é um homem e tanto. Bêbado, só dá desgosto. Quebra tudo. Barbariza as filhas. De mim tira sangue.

Ele não perde a esperança de se livrar da famosa bruxa Maria.

— Ainda seja preciso acabar com ela. E uma por uma das diabinhas.

Suzana, a preferida, bem gaguinha dos croques na mioleira.

— A ele eu dou tudo. É calça de veludo, é sabonete, é cigarro.

Os vizinhos já não dormem com tanto grito de criança.

— De volta ganho mais porrada.

Entre os berros de João:

— Isso não pode continuar. Estou desesperado. Que alguém me acuda.

Só de traidora ela se queixa:

— Ai, que vida infeliz.

João revida com soco, pontapé e cabeçada.

— E agora? Está se divertindo?

Apanha ela (grávida de três meses) e apanham as cinco pestinhas. Uma das menores fica de joelho e mão posta:

— Sai sangue, pai. Não com o facão, paizinho. Com o facão, dói.

Morre desgraçado

Toda noite ele sai do serviço, passa no boteco, chega bêbado em casa. Na pobre de mim se vinga do patrão e do preço das coisas. Doze anos casada, são dez e qualquer motivo apanho.

Na última noite brigou porque, ajoelhada diante da capelinha, ouço a missa pelo rádio.

Olhinho vesgo, narigão vermelho, aos berros:

— Está rezando, sua bruxa? Que eu largue da cachaça?

— Olhe as crianças, João.

— Já sei que põe vidro moído no pão.

Arranca o rádio da parede, rebenta no chão, pisa em cima.

— João, não faça isso. É pecado. Oh, meu Deus.

Pecado o murro aqui no olho, nem sei como não furou — em três pedaços o óculo de costura.

— Pare, João. Olhe as crianças. Na frente delas, não.

Me cobriu a cabeça de soco e palavrão.

— Bem cansado. Quero dormir.

Senta-se na cama e chamou a escrava, que lhe tirasse o sapato. Ressabiada, fica de joelho. Rindo, me belisca o biquinho do peito — ai, que dor! O piá de ano e meio não desmamei.

Vou pegar o segundo sapato, um coice me joga contra a parede. Não contente, passa a mão no rosário pendurado na cabeceira, malha a minha cabeça, só conta negra por todo canto.

— Corra, mãe. Que o pai te mata.

É a Rosinha, esse anjo de sete anos, ali na porta do quarto. Alcanço no berço o menorzinho e corro para fora. Rindo e tropeçando, o João atrás. No quintal me agarra pelo vestido. Mais soco e pontapé.

Chorando, a Rosa abraça as pernas do pai.

— Não surre a mãe. Paizinho, não surre mais.

Zonzo, atropela a menina, que bateu a nuca no degrau. Fui acudir a pobrezinha, me acerta um bruto sopapo.

— Vá dormir, João. Por esta noite chega.

Eu, desgraçida, beije as mãos da Rosinha.

— Graças a ela, você está viva.

Rasgou a barra do vestido, outro pontapé com toda a força.

— Responda, bandida. Uma palavra só. Todinha te arrebento.

Apanha na cozinha o litro de álcool e, espirrando as paredes e o chão, que bota fogo na maldita casa. Faz que risca um fósforo. Me obrigo a voltar.

Ai, por que não fugi? Pega a vassoura atrás da porta e me enche de pancada. Me desvio, a criança ali nos braços, o cabo dá no canto da mesa e se quebra.

— Aí, cavala. Viu o que fez? Agora me paga.

Sobre a mesa acha a faca de ponta e vem de novo. Tentando escapar, corro para os fundos. Que a menina chame socorro no vizinho.

Não tem jeito, já me alcança. Agarra pelo cabelo, acerta uma facada no braço direito. Consigo entregar à Rosa o menino que soluça baixinho.

— Fuja, Rosa. Leve o anjinho.

Novos pontaços na perna e no braço. Mão ferida, pingando sangue, aparo os golpes.

— Chega, homem de Deus. Me larga, João. Ó Deus, quem me acode?

Me arrastava pelo cabelo. Com a outra mão encostou na garganta a ponta da faca.

— Ai, ai, João. Tudo eu faço. O que você quiser.

Tudo o que ele faz com as mulheres da rua.

— Peça perdão, assassina da minha alma.

— Tudo, João. Só não me mate.

Em resposta um corte fundo na orelha. Me apertacontra a parede e risca o pescoço.

A morte nos olhos, achei força de empurrá-lo. João cambaleia, alcanço uma acha de lenha. Bato duas vezes na cabeça dele, que derruba a faca. Tonto e fraco, cai de joelho.

— Me mate, mulher. Senão você morre.

Saí sangue pelo nariz e a boca. Meio que se apruma:

— Se me levanto, diaba, é o teu fim.

Suspendo a acha, fecho o olho, dou o terceiro golpe.

— Morre, desgraçado.

A força de mãe que me valeu.

Minha vida meu amor

Olha minha vida meu amor
Há muito não és mais meu
Toda a loucura que fiz
Foi por você
Que nunca me deu valor
Por isso perdeu tua mulher
E teus filhos
Não posso com esta cruz
Acho muito pesada João
Você vem me desgostando
A ponto de me pôr no hospício
Uma vez conseguiu
Mas duas não
Aqui ô babaca
De tuas negras
Que nem os filhos se interessou
De batizar na igreja
Você só vai no bar do Luís
Outro boteco não achou
Mais perto da tua família?
Só me operei que você obrigou
Agora não presto
Já não sirvo na cama?

Quis fazer de mim
A última mulher da rua
Mas não deixei
Por tua causa João
Eu morro pelada
Abraçada com os dois anjinhos
No fundo do poço
Amor desculpe algum erro
E a falta de vírgula

Balada do vampiro

Deus por que fez da mulher
O suspiro do moço
Sumidouro do velho?
Ai só de olhar eu morro
Se não quer
Por que exibe as graças
Em vez de esconder?
Imagine então se
Não imagine arara bêbada
Pode que se encante com o bigodinho
Até lá enxugo os meus conhaques
Olha essa aí rebolando-se inteira
Ninguém diga sou taradinho
No fundo de cada filho de família
Dorme um vampiro
Muito sofredor ver moça bonita
E são tantas
Bem me fizeram o que sou
Oco de pau podre
Aqui floresce aranha cobra escorpião
Pudera sempre se enfeitando se pintando
Se adorando no espelhinho da bolsa

Não é para me deixarem assanhado?
Veja as filhas da cidade como elas crescem
Não trabalham nem fiam
Bem que estão gordinhas
Gênio do espelho existe em Curitiba
Alguém mais aflito que eu?
Não olhe cara feia
Não olhe que está perdido
Toda de preto meia preta
Repare na saia curta upa lá lá
Distrai-se a repuxá-la no joelho de covinha
Ai ser a liga roxa
O sapatinho que alisa o pé
E sapato ser esmagado pela dona do pezinho
Na ponta da língua a mulher filtra o mel
Que embebeda o colibri alucina o vampiro
Não faça isso meu anjo
Pintada de ouro vestida de pluma pena arminho
Olhe suspenso a um palmo do chão
Tarde demais já vi a loirinha
Milharal ondulante ao peso das espigas maduras
Como não roer unha?
Por ti serei maior que o motociclista do Globo da Morte
Uma vergonha na minha idade
Lá vou atrás dela
Em menino era a gloriosa bandinha do Tiro Rio Branco
No braço não sente a baba do meu olho?
Se existe força do pensamento
Ali na nuca os sete beijos da paixão
Já vai longe

Na rosa não cheirou a cinza do coração de andorinha
Ó morcego ó andorinha ó mosca
Nossa mãe até as moscas instrumento do prazer
De quantas arranquei as asas?
Brado aos céus
Como não ter espinha na cara?
Eu vos desprezo virgens cruéis
Ó meninas mais lindas de Curitiba
Nem uma baixou sobre mim o olhar vesgo da luxúria
Calma Nelsinho calma
Admirando as pirâmides marchadoras
De Quéops Quéfren Miquerinos
Quem se importa com o sangue de mil escravos?
Ai Jesus Cristinho socorro me salve
Triste rapaz na danação dos vinte anos
Carregar vidro de sanguessuga
Na hora do perigo aplicar na nuca?
Já o cego não vendo a fumaça não fuma
Ó Deus enterra-me no olho a tua agulha de fogo
Não mais cão sarnento comido de pulgas
Que dá voltas para morder o rabo
Em despedida
Ó curvas ó delícias
Concede-me essa ruivinha que aí vai
A doce boquinha suplicando beijo
Ventosa da lagarta de fogo é o beijinho da virgem
Você grita vinte e quatro horas
Estrebucha feliz
Tão bem-feitas para serem acariciadas
Ratinho branco gato angorá porquinho-da-índia

Para onde você olha lá estão
Subindo e descendo a rua das flores
Cada uma cesto cheio de flores rua lavada de sol
Macieira em botão suspirosa de abelha
No bracinho nu a penugem dourada se arrepiando
Aos teus beijos soprados na brisa fagueira
Seguem a passo decidido
Estremecendo as bochechas rosadas
O aceno dos caracóis te pedindo a mordida no cangote
Ao bravo bamboleio da bundinha
Até as pedras batem palmas
Sei que não devo
Muito magro uma tosse feia
Assim não adianta o xarope de agrião
É tarde estou perdido
Todas elas de joelho e mão posta
Para que eu me sirva
O relampo do sol no olho
Ao rufar dos tambores
No duplo salto-mortal reviro pelo avesso
Sem tirar o pé do chão
Veja o peitinho manso de pomba
Dois gatinhos brancos bebendo leite no pires
Chego mais perto quem não quer nada
O que é prender na mão um pintassilgo?
Sou fraco Senhor
O biquinho do pintassilgo te pinica a palma
E sacode da nuca ao terceiro dedinho do pé esquerdo
Derretido de gozo
Uma cosquinha no céu da boca

Prestes a uivar
Estendo a mão agarro uma duas três
Já faço em Curitiba um carnaval de sangue
Ai de mim
Quem me acode
O soluço do pobre vampiro quem escuta?

Capitu sem enigma

Até você, cara — o enigma de Capitu? Essa, não: Capitu inocente? Começa que enigma não há: o livro, de 1900, foi publicado em vida do autor — e até a sua morte, oito anos depois, um único leitor ou crítico negou o adultério? Leia o resumo do romance, por Graça Aranha, na famosa carta ao mesmo Machado: "*casada... teve por amante o maior amigo do marido*" — incorreto o juízo, não protestaria o criador de Capitu, gaguinho e tudo? Veja o artigo de Medeiros e Albuquerque — e toda a crítica por sessenta anos. Pode agora uma frívola teoria valer contra tantos escritores e o *próprio autor*, que os abonou? Entre o velho Machado e a nova crítica, com ele eu fico.

Só uma peralta ignara da biografia (Carolina e seu passado amoroso no Porto) e temática do autor (ai, Virgília, ai, Capitolina, ai, Sofia) para sugerir tal barbaridade. Certo uma tese queira ser original, inverter o lido e o sabido: Capitu inocente, apenas delírio do ciumento Bentinho, o nosso Otelo. Que ela defenda a opinião absurda, entende-se. Levá-la porém a sério, e gente ilustre, nossos machadistas? Tão graciosa como dizer que Bentinho não amava Capitu e sim Escobar.

Do nosso bruxo muito ela subestima o engenho e arte, basta ler o artigo em que Machado expõe as falhas de composição e o artifício dos personagens do *Primo Basílio* (o pobre Eça bem aceitou e calou): "Como é que um espírito tão esclarecido, como o do autor, não viu que semelhante concepção era...?". Para o bom escritor um personagem não espirra em vão, na seguinte página tosse com pneumonia. Se pendura na parede uma espingarda, por força há que disparar. Nosso Machadinho ocuparia *mais da metade do livro* com as manhas e artes de dois sublimes fingidores sem que haja traição? Como é que um espírito tão esclarecido não veria...

Só treslendo para sustentar tão pomposo erro. De Capitu o longo inventário: "olhos de cigana oblíquos* e dissimulados; aos catorze anos... ideias atrevidas... na prática faziam-se hábeis, sinuosas, surdas, e alcançavam o fim proposto; mais mulher do que eu era homem; éramos dois e contrários, ela encobrindo com a palavra o que eu publicava pelo silêncio; aquela grande dissimulação de Capitu; já então namorava o piano da nossa casa; a pérola de César acendia os olhos de Capitu; nem sobressalto nem nada... como era possível que Capitu se governasse tão facilmente e eu não?; a confusão era geral... as lágrimas e os olhos de ressaca; minha mãe um tanto fria e arredia com ela; já é fria também com Ezequiel; não nos visita há tanto tempo; Capitu menina... uma estava dentro da outra, como a fruta dentro da casca"; etc.

De Escobar, esse "filho de um advogado de Curitiba" (ai de ti, pode vir alguma coisa boa de Curitiba?), outro finório e calculista: "olhos fugitivos, não fitava de rosto; as mãos não apertavam as outras; testa baixa, o cabelo quase

---

* "O riso oblíquo dos fraudulentos" (em *Papéis avulsos*) e "olhar oblíquo do meu cruel adversário" mais "o olhar oblíquo do mau destino" (em *Histórias sem data*).

em cima da sobrancelha; o comércio é a minha paixão; sua mãe é uma senhora adorável; dê-me o número das casas de sua mãe e os aluguéis de cada uma; era opinião de prima Justina que ele afagara a ideia de convidar minha mãe a segundas núpcias; os olhos, como de costume, fugidios; ouvi falar de uma aventura do marido, atriz ou bailarina; fazendo ele os seus cálculos, eu os meus sonhos"; etc.

Agora quer o flagrante dos amásios? Lá está, no capítulo "Embargos de terceiro": a esposa alega indisposição, o marido vai ao teatro, volta de repente, surpreende o amigo que inventa falso pretexto. Em "Dez libras esterlinas", Capitu revela os escondidos encontros com Escobar. "Uma vez em que os fui achar sozinhos e calados; uma palavra dela sonhando", etc. Mais não peça ao virtuoso da meia frase, do subentendido, da insinuação ("... e pude ver, a furto, o bico das chinelas" — "Missa do galo"), bem se excedeu nos indícios contra Capitu. Que pretende ainda a crítica alienada: a chocante cena de alcova? Chegue o autor "ao extremo (no mesmo artigo sobre o Eça) de correr o reposteiro conjugal"? Do Machadinho, não.

Tudo fantasia de um ingênuo e ciumento? Quer mais, ó cara: a prova carnal do crime? A Bentinho, que era *estéril*, nasce-lhe um filho temporão — "nenhum outro, um só e único". Ei-lo, o tão esperado: "De Ezequiel [menino] olhamos para a fotografia de Escobar... a confusão dela fez-se confissão pura. Este era aquele...". Um retrato de corpo inteiro, é pouco? "Ezequiel [adulto]... reproduzia a pessoa morta. Era *o próprio*, *o exato*, *o verdadeiro* Escobar. Era o meu comborço; era o filho de seu pai."

Para um escritor que conta, mede, pesa as palavras, onde a suposta ambiguidade? Nada de ler nas entrelinhas. Lá está, com todas as letras: "o próprio, o exato, o verdadeiro".

Dúvida não haja no espírito do leitor menos atento. E agora você, forte blasfêmia: apenas mimetismo social, Ezequiel um camaleão humano? Não queira separar o que o autor uniu: no capítulo "O filho é a cara do pai", Bentinho já "é a cara do pai... veja se não é a figura do meu defunto". Nada de vaga semelhança e sim imagem igual. Pretender ainda mais: uma cruz de fogo na testa?

No caso de Ezequiel, nem se trata de suspeita (um estranho no ninho de tico-ticos), é o escândalo da evidência (o negro filhote de chupim) que salta aos olhos: de José Dias, a prima Justina, dona Glória já desdenha a nora e rejeita o neto putativo. Iria uma avó amantíssima repudiar o único neto e afilhado — não fosse a cara do outro, o andar do outro, a voz do outro, as mãos e os modos do outro?

Não só o retrato físico: "a voz era a mesma de Escobar; tinha a cabeça aritmética do pai; um jeito dos pés de Escobar e dos olhos; e das mãos; o modo de voltar a cabeça"; etc. Tem mais: "Escobar vinha assim surgindo da sepultura; eu abria os olhos e a carta, a letra era clara e a notícia claríssima; a própria natureza jurava por si; *o defunto falava e ria por ele*". São signos turvos na água, de quem não afirma a óbvia conclusão, uma só e única?

Ezequiel, tudo isso e o céu também — uma ilusão dos sentidos, como quer a modernosa crítica? Ou é a cópia fiel, a réplica perfeita, no filho a figura mesma do amigo. Dúvida? uma gota de sangue, ambiguidade? na gema do ovo.

Pois longe de Capitu, solitário não ficou o nosso Bentinho: "... sem me faltarem amigas que me consolassem da primeira". E acaso um só fruto dessas muitas ligações? Ai dele, incapaz de gerar — "nenhum outro veio, certo nem incerto, morto nem vivo".

Se o autor não merece fé, a confusão é geral: o libelo de um chicanista fazendo as vezes de falsa testemunha, promotor e juiz? Um porco machista da classe dominante condena a bem-querida, não por traí-lo, só por ser mulher e ser pobre? E mais: Bentinho casa com Capitu a fim de esconder a fixação na santa mãezinha. Nos lábios de Escobar, nossa heroína colhe o beijo da esposa dona Sancha. Escobar, esse, transfere a Capitu o amor secreto pelo Bentinho. O filho Ezequiel delira de febre por dois arqueólogos ao mesmo tempo. E dona Sanchinha? Feliz com o seu advogado em Curitiba, que lhe vem a ser o sogro. Etc.

Certo, a voz de Bentinho, só conhecemos a sua versão — e como podia ser diferente, uma história contada na primeira pessoa. E que pessoa é esta? Um Orlando furioso, em cada árvore as iniciais da infidelidade? Otelo possesso na cólera que espuma — ver o lenço e afogar Desdêmona, obra de um instante?

Nem Otelo nem Orlando, eis o nosso herói: uma doce pessoinha. Esse manso viúvo Dom Casmurro, *quatro decênios* idos e vividos, a evocar piedoso, confiável, sereníssimo — "a minha primeira amiga e o meu maior amigo... que acabassem juntando-se e enganando-me...".

Enfim que tanto importa se Capitu não traiu — a mesma consequência na separação do casal? Epa, mais respeito com a própria, a exata, a verdadeira intenção do autor. Que esteja dizendo o contrário do que escreve? O discurso machadiano entendido ao avesso é ululante *anacronismo crítico* — na tua segunda leitura (Borges) a terceira volta do parafuso (James).

Acha pouco, ô bicho? Que tal a admissão da nossa pecadora? Capitu rebelde, obstinada, desafiante ("beata! carola! papa-missas!"), colérica, orgulhosa, tudo aceita passivamente — o exílio, o castigo, a culpa. Quieta e calada na Suíça, escreve ao marido "cartas submissas, sem ódio, acaso afetuosas… e saudosas". Sem gesto ou grito de revolta, a feroz contestadora? E, não bastasse, louvando ainda o seu carrasco — "*o homem mais puro do mundo, o mais digno de ser querido*". Ei, cara, é o estilo da vítima de uma acusação infame? Se a filha do Pádua não traiu, Machadinho se chamou José de Alencar.

Você pode julgar uma pessoa pela opinião sobre Capitu. Acha que sempre fiel? Desista, ô patusco: sem intuição literária. Entre o ciúme e a traição da infância, da inocência, do puro amor, ainda se fia que o bruxo do Cosme Velho escolhesse o efeito menor? Pô, qual o grandíssimo tema romanesco de então, as fabulosas Emma Bovary e Anna Kariênina. A um pessimista, viciado no Eclesiastes, toda mulher ("mais amarga do que a morte") não é coração enganoso e perverso, nó cego de "redes e laços"?

Inocentar Capitu é fazê-la uma pobre criatura. Privá-la do seu crime, assim a perfídia não fosse própria das culpadas? Já sem mistério, sem fascínio, sem grandeza. Morreu Escobar não das ondas do Flamengo e sim dos olhos de cigana oblíquos e dissimulados. Por que os olhos de ressaca, me diga, senão para você neles se afogar?

Curitiba revisitada

que fim ó Senhor eles deram à minha cidade
a outra sem casas demais sem carros demais sem gente
                                                             [demais
ó Deus nem chatos demais
essas tristes velhinhas tiritando nas praças
essas pobres santíssimas heroicas velhinhas
todas eram noivas todas tinham dezoito anos todas coxas
                                                             [fosforescentes
todas o teu único e eterno amor
que fim levaram
a que fim me levaram?

quem sabe até uma boa cidade
ai não chovesse tanto assim
chove pedra das janelas do céu chove canivete nos telhados
chovem mil goteiras na alma
nesse teu calçadão de muito efeito na foto colorida
não se dá um passo sem escorregar dois e três
como faz frio espirro tosse gripe sinusite
de você para sempre o sol esconde o carão de nariz
                                                             [vermelho

uma das três cidades do mundo de melhor qualidade
                              [de vida
depois ou antes de Roma?
segundo uma comissão da ONU
ora o que significa uma comissão da ONU
não me façam rir curitibocas
nem sejamos a esse ponto desfrutáveis
por uma comissão de vereadores da ONU

ó cidade sem lei
capital mundial de assassinos do volante
santuário do predador de duas rodas sobre o passeio
na cola do pedestre em extinção

a melhor de todas as cidades possíveis
nenhum motorista pô respeita o sinal vermelho
Curitiba europeia do primeiro mundo
cinquenta buracos por pessoa em toda calçada
cidade única sem meninos de rua
lá vem o arrastão de pivetes trombadinhas cavalos-loucos
Curitiba alegre do povo feliz
essa é a cidade irreal da propaganda
ninguém não viu não sabe onde fica
falso produto de marketing político
ópera-bufa de nuvem fraude arame
cidade alegríssima de mentirinha
povo felicíssimo sem rosto sem direito sem pão

dessa Curitiba não me ufano
não Curitiba não é uma festa
os dias da ira nas ruas vêm aí

eis o eterno vulcão de fumo pestífero do Hospital de
[Clínicas
você gira a torneira quem viu água de tal cor
a menina atende o telefone outra vez o maníaco sexual
ali na rua o exibicionista que abre a capa preta
em cada janela o brilho do binóculo do frestador
batem na porta é um assalto
na praça leva um tranco já sem carteira nem tênis
tua mulher sobe no ônibus cadê a bolsa
tua filha para na esquina lá se foi o quinto relógio
não proteste não corra não grite
do ladrão ou do policial
o primeiro tiro é na tua cara

cinquenta metros quadrados de verde por pessoa
de que te servem
se uma em duas vale por três chatos?

até os irmãos cenobitas
no resto do mundo a igreja fiel da quietude
os irmãos chamados silenciosos
e na rua Ubaldino
os adoradores da bateria e da guitarra elétrica do Juízo
[Final
que murcham as flores
azedam o leite da moça grávida
espantam o último gambá do porão
ai da cólera que espuma os teus urbanistas
apostam na corrida de rato dos malditos carros
suprimindo o sinal e a vez do pedestre
inaugurada a caça feroz aos velhinhos de muleta   >

se não salta já era
em cada esquina os cacos da bengala de um ceguinho
quem acerta primeiro o paraplégico na cadeira de roda

não me venham de terrorismo ecológico
você que defende a baleia corcunda do polo sul
cobre os muros de signos do besteirol tatibitate
grande protetor da minhoca verde dos Andes
celebra cada gol explodindo rojão bombinha busca-pé
mais o berro da corneta rouca ó mugido de vaca parida
a isso chama resgate da memória

não te reconheço Curitiba a mim já não conheço
a mesma não é outro eu sou
nosso caso passional morreu de malamorte
a dança do apache suspensa entre o beijo e o bofetão
cada um para seu lado adeus nunca mais
aos teus bares bordéis inferninhos dancings randevus
cafetinas piranhas pistoleiras putanas
virgens loucas virgens profissionais meias virgens
as que nunca foram

nenhum cão ou gato pelas tuas ruas
todos atropelados
um que se salve aos pulos da perninha dura
pronto fervendo na panela do teu maloqueiro
nunca mais a visão da cadelinha arretada
com a fila indiana de galãs vadios
nunca mais a serenata de gatões no telhado
nunca mais uma simples moça feia à janela
cotovelos na almofada bege de crochê

nada com a tua Curitiba oficial enjoadinha narcisista
toda de acrílico azul para turista ver
da outra que eu sei
o amor de João retalha a bendita Maria em sete pedaços
a cabeça ainda falante
o medieval pátio dos milagres na Praça Rui Barbosa
as meninas de minissaia rodando bolsinha na rua Saldanha
o cemitério de elefantes nas raízes da extremosa na
[Santos Andrade
o necrófilo uivador nos túmulos vazios das três da manhã

não me toca essa glória dos fogos de artifício
só o que vejo é tua alminha violada e estripada
a curra de teu coração arrancado pelas costas
verde? não te quero
antes vermelha do sangue derramado de tuas bichas
[loucas
e negra dos imortais pecados de teus velhinhos pedófilos

por favor não me dê a mão
não gosto que me peguem na mão
essa tua palma quente e úmida
odeio o toque de polegar no meu punho
horror do perdigoto no olho
me recuso a ajoelhar no templo das musas pernetas
aqui pardal aos teus panacas honorários e babacas
[beneméritos
essa tua cidade não é a minha
bicho daqui não sou
no exílio sim órfão paraguaio da guerra do Chaco

o que fica da Curitiba perdida
uma nesga de céu presa no anel de vidro
o cantiquinho da corruíra na boca da manhã
um lambari de rabo dourado faiscando no Rio Belém
quando havia lambari quando Rio Belém havia
o delírio é tudo meu do primeiro par de seios
o primeiro par de tudo de cada polaquinha
e os mortos quantos mortos
uma rua XV inteirinha de mortos
a multidão das seis da tarde na Praça Tiradentes só de
                                                        [mortos
ais e risos de mortos queridos
nas vozes do único sobrevivente duma cidade fantasma

Curitiba é apenas um assobio com dois dedos na língua
Curitiba foi não é mais

Quem tem medo de vampiro?

Há que de anos escreve ele o mesmo conto? Com pequenas variações, sempre o único João e a sua bendita Maria. Peru bêbado que, no círculo de giz, repete sem arte nem graça os passinhos iguais. Falta-lhe imaginação até para mudar o nome dos personagens. Aqui o eterno João: "Conhece que está morta". Ali a famosa Maria: "Você me paga, bandido".

Quem leu um conto já viu todos. Se leu o primeiro pode antecipar o último — bem antes que o autor. É a sagrada família de barata leprosa com caspa na sobrancelha, rato piolhento na gravata de bolinha, corruíra nanica do dentinho de ouro. Trincando broinha de fubá mimoso e bebendo licor de ovo?

Mais de oitenta palavras não tem o seu pobre vocabulário. O ritmo da frase, tão monótona quanto o único tema, não é binário nem ternário, simplesmente primário. Reduzida ao sujeito sem objeto, carece até de predicado — todos os predicados.

Presume de erótico e repete situações da mais grosseira pornografia. No eterno sofá vermelho (de sangue?) a última virgem louca aos loucos beijos com o maior tarado de Curitiba. Explica-se: não foi ele fabricante de tradicionais vasos de barro? E seus contos, o que são? Miniaturas de bispote em série, com florinha e filete dourado.

Um mérito não se lhe pode negar: o da promoção delirante. Faz de tímido, não quer o rosto no jornal — e sempre o jornal a publicá-lo. Nunca deu entrevista e quanta já foi divulgada, com fotos e tudo? Negar o retrato é uma secreta forma de vaidade, a outra face do cabotino.

Pretende, forte modéstia, ser o último dos contistas menores — e não é que tem razão? Aliás, nem contista. Nas frases mutiladas e estripadas, um simples cronista de fatos policiais. Nele não há postura ética e moral. Nem simpatia e amor pelo semelhante. Só e sempre os tipos superficiais de dramalhão, fantoches vazios, replicantes sem alma. Vítimas e carrascos no circo de crueldade, cinismo, obsessão do sexo, violência, sangue — e onde o único toque de humor? Iconoclasta ou alienado, abomina o social e o político. Daí as caricaturas desumanas, os velhinhos pedófilos, museu de monstros morais, como reconhecer num deles o teu duplo e irmão?

Mestre, sim, no plágio descarado: imita sem talento o grafito do muro, a bula do remédio, o anúncio da sortista, a confissão do assassino, o bilhete do suicida. Sinistro espião de ouvido na porta e olho na fechadura. Não é o pasticho a falsa moeda desse mercador sovina de gerúndios?

Exibicionista, quer o nome sempre em evidência. Já ninguém fala ou escreve sobre seus livros — e você os suporta, um por ano, todo ano? Na fúria do ressentido, busca atingir as nossas glórias sacrossantas: Emiliano, a poesia, Turin, a escultura, Mossurunga, a música. Tudo em vão: a grotesca imagem do vampiro já desvanecida aos raios fúlgidos da História.

Pérfido amigo, usará no próximo conto a minha, a tua confidência no santuário do bar. Cafetão de escravas brancas da louca fantasia, explora a confiança de velhas, viúvas e órfãs. Ó maldito galã de bigodinho e canino de ouro, por que não desafia os poderosos do dia: o banqueiro, o bispo, o senador, o general?

[Ministórias]

[1]

O amor é uma corruíra no jardim — de repente ela canta e muda toda a paisagem.

[37]

— Tua professora ligou. De castigo, você. *Beijando na boca os meninos.* Que feio, meu filho. Não é assim que se faz.

— ...

— Menino beija menina.

— Você é gozada, cara.

— ...

— Pensa que elas deixam?

[70]

Adormecida ao lado, João a insulta: água você secou, laranja você murchou, leite coalhou, rosa se despetalou, vinho azedou; sumo eu te engoli, pó eu te varri, caroço eu te cuspi.

[77]

Assustada, a velha pula da cadeira, se debruça na cama:
— João. Fala comigo, João.
Geme lá no fundo, abre o olhinho vazio:
— Bruuuxa... diaaaba...
— Ai, que alívio. Graças a Deus.

[131]

O jantar para os dois casais amigos. Na parede uma das mulheres nuas de Modigliani.
Tanta festa, muito riso: o lombinho uma delícia. Até que um dos maridos:
— Essa moça do quadro. Ela sorri para você?
— É o meu consolo das horas mortas.
A dona acode, oferecida:
— Ela sou eu, não é, bem?
Um murro na mesa estremece prato e espalha talher:
— Ela é você? Quando você teve esse amor desesperado nos olhos? Esse perdão infinito na boca?
Outro soco espirra vinho tinto na toalha:
— Não se conhece, sua bruxa?

[141]

Na porta o doutor previne:
— Todo cuidado é pouco, dona Maria. Se ele tiver sonho ruim, não acorda. Se tomar café preto, é o último. Se espirrar, mortinho no fim do espirro.

[146]

Três da manhã. Salta do táxi, cambaleia no jardim. Acesas todas as luzes — a famosa terrorista. No quarto, ela embala a filha menor, cabeceando e cantarolando.
— Com dor de barriga. Não acaba de chorar. Será que...
Ele agarra o travesseiro, direto ao sofá da sala:
— Não chore, filhinha. Que a mãe já para de cantar.

[173]

Seu João, perdido de catarata negra nos dois olhos:
— Meu consolo que, em vez de nhá Biela, vejo uma nuvem.

[178]

A velhinha meio cega, trêmula e desdentada:
— Assim que ele morra eu começo a viver.

[184]

Quem lhe dera o estilo do suicida no último bilhete.

[187]

Em toda casa de Curitiba, João e Maria se crucificam aos beijos na mesma cruz.

[23]

Todinha nua — pessegueiro em flor pipilante de pintassilgo.

[27]

Amor, o ingênuo menino que afaga uma cadela raivosa. Ai, não, é mordido. E condenado a viver babando, rangendo os dentes, ganindo para uma lua de sangue.

[32]

Meu pai leva-me à porta do famoso noturno para a cidade grande:

— Cuide-se, meu filho. É um mundo selvagem.

Esse verbo clamante no teu ouvido. Por delicadeza, perdi a minha voz. Ó profetas ó sermões!

— Longe da família, será você contra todos.

Homem não se beija nem abraça, nos apertamos duramente as mãos. Me instalo a uma das janelas, com a vidraça descida. Mais que me esforce, impossível erguê-la. Já não podemos falar. Esse pai dos pais ali na plataforma, mudo e solene. O trem não parte. Fumaça da estação? De repente ei-lo de olhos marejados.

[34]

De repente ei-lo de olhos marejados. E, sem querer, também eu comovido. Diante de mim o feroz tirano da família? Ditador da verdade, dono da palavra final? Primeira vez, em tantos anos, vejo um senhor muito antigo. Pobre velhinho solitário. Merda, o trem não parte. Meu pai saca o relógio do colete, dois giros na corda. Pressuroso, digo que se vá. Doente, não apanhe friagem. E ele sem escutar.

[36]

E ele sem escutar. Olha de novo o relógio. Aceno que pode ir, não espere a partida. Quero ver a hora? Exibe o patacão na ponta da corrente dourada. Nosso último encontro, sei lá. E, ainda na despedida, o eterno equívoco entre nós. Maldita vidraça de silêncio a nos separar. Desta vez para sempre.

[100]

O professor de português repreende a filha pelas notas baixas no boletim. A pequena, uma lágrima só:
— Errei, paizinho. Sou culpada. Eu não mereço de viver.

[110]

Na cama, diz o marido:
— Você é gorda, sim. Mas é limpa.
— ...
— Você é feia, certo? Mas é de graça.

[203]

— Ai, vergonhosa de falar. Eu fui da macumbaria, dos bailões, do garrafão de vinho. No sábado chegava bêbada e drogada. Arrastando a mão na parede, caía vestida na cama. Temor a Deus não tinha. Só de meu pai, orra. Doidão, o cara. No baile eu sempre com três panacas e nenhum na saída. O meu copo de pinga, ai de quem pegasse. E não bebia o dos outros? Roubava o gostosão das meninas, que ninguém tomasse o meu. Uma casca grossa, o meu coração. Eu, uma triste pessoinha. Essa tua coisinha-à-toa. E você diria, pô? Querida aos olhos do Senhor. Deus lá do céu tinha um plano para mim.

[228]

Eu? Nove lances, eu? É mentira da moçada. Uma delas grávida? O que eu tenho são três assinados. Não sei dizer, não. Sempre que estou na rua, eu bebo. Um bagulho aí. Conhaque. Puxo um baseado, certo? Mais umas cervejas. Umas caipirinhas, tudo misturado. Aí fico meio doidão. Nada pra fazer. Já fui servente e saí, ganhava pouco. Na batalha de outro e tal. Aí não arrumei. Pra casa da mãe eu não vou. Muito mordida, essa bruxa. Não sabe se cuida de tanto filho. Eu fico zoando.

[230]

Orra vida, não tenho mais aonde ir. Que neguinha me quer? Então fico na rua e tal. E fico zoando. Estou pra tudo. Pra morrer, pra matar. Certo? Muita deu sorte que não morreu. Um dia falei pra uma irmã: "Fiz umas artes aí e tal". "Você fez, pô?", ela disse. "Que se dane, pô." Mulher não tem pena. Tá ligadão? Mata o babaca de pouquinho. Mata quanta vez ela pode.

[232]

Da minha vida não sei. O que será e tal. Periga pintar cadeia? Serve de exemplo pra mim. Ou de maior maldade. É o que vier. Aí um cara faz o mesmo? Garra uma de minha irmã, usou ela? No dia que eu encaro o tipo, fatal. Não falo pra ninguém, não. Vou e mato bem morto. Certo? Aí volto pra rua e tal. E fico zoando. Uma moça? Foi, sim. Teve essa fita. Andando num caminho sem gente, trombei com ela. Muito pirado. Aí, aconteceu. Se estava de barriga? Não fiquei lá pra saber.

[234]

Essa outra me conheceu? Acho que tem esse lance. Eu ia passando na estrada, ela vinha vindo. Pedi horas pra ela. Comecei a trocar uma ideia e tal. Feliz Natal, eu disse. Aí ela viu a faca: "Tá limpo. Num quero que me mata. Num quero é morrer". Eu usei ela. Fiquei com ela e tal. Dentro dos conformes. Com uma de menor? Nadinha a ver. Eu peguei e saí fora. Raiva de ninguém, não. Neste mundo não tem amigo. Você tem de zoar mesmo. Estou pra tudo. Um fumo aí. Mais um bagulho. E umas. E outras. Aí fico meio doidão. Lá vem uma dona e tal. Trocar uma ideia. Feliz Natal. Tá limpo?

[3]

Um bom conto é pico certeiro na veia.

[56]

— De repente ali o grande buraco na camada de ozônio. Já se derrete a calota polar. Ai de quem não usa óculo escuro e boné. Nunca você põe um cigarro na boca — e a vida inteira é fumante passivo, grupo de alto risco. No teu carro, vidro fechado, já o vilão do efeito estufa. Pedestre, se afoga nos gases venenosos do tráfego. Uma transa inocente com a linda mocinha é a peste negra: agonia certa em três meses. Liga a tevê: se não a Xuxa de chupeta e babeiro, eis o Cauby na peruca de cachinho ruivo. O alto-falante na esquina te chama pelo nome: "Salva tua alma. O Senhor Jesus é a última chance. Mais informações: disque o número...". O culpado de tudo? É o maldito gerente do banco. Não sei como. Eu sei que é ele.

[77]

— Foi o primeiro amor, um amor tão desesperado, quando ela me deixou, ai de mim, só não morri porque, aos 20 anos, você não morre.

[135]

O velhote, bem tristonho:
— Ainda fica duro, o carinha. Só que não trava.

Cantares de Sulamita

Cantar 1

Se você não me agarrar todinha
aqui agora mesmo
só me resta morrer

se não abrir minha blusa
violento e carinhoso
me sugar o biquinho dos seios
por certo hei de morrer

estou certa perdidamente certa
se não me der uns bofetões estalados
não morder meus lábios
não me xingar de puta
já hei de morrer

bata morda xingue por favor
morrerei querido morrerei
se você não deslizar a mão direita
sob a minha calcinha
murmurando gentilmente palavras porcas
sem dúvida hei de morrer

também certa a minha morte
se você não acariciar o meu púbis de Vênus
com o terceiro quirodátilo
já caio morta de costas
defuntinha
toda morta de morte matada

morrerei gemendo chorando se você titilar
a pérola na concha bivalve
morrerei na fogueira aos gritos
se não o fizer

amado meu escuta
se você não me ninar com cafuné
me fungar no cangote
mordiscar as bochechas da nalga
me lamber o mindinho do pé esquerdo
juro que hei de morrer
certo é o meu fim

te peço te suplico
meu macho meu rei meu cafetão
eu faço tudo o que você mandar
até o que a putinha de rua tem vergonha

eu fico toda nua
de joelho descabelada na tua cama
eu fico bem rampeira
ao gazeio da tua flauta de mel
eu fico toda louca

aos golpes certeiros do teu ferrão de fogo
ereto duro mortal

ó meu santinho meu puto meu bem-querido
se você não me estuprar
agora agorinha mesmo
sem falta hei de morrer

se não me currar
em todas as posições indecentes
desde o cabelo até a unha do pé
taradão como só você
é certo que faleci me finei
todinha morta

se não me crucificar
entre beijos orgasmos tabefes
só me cabe morrer
minha morte é fatal
de sete mortes morrida
mortinha de amor é Sulamita

Cantar 2

Ó não amado meu
moça honesta já não sou
e como poderia
se você me corrompeu até os ossos
ao deslizar a mão sob a minha calcinha
acariciou a secreta penugem arrepiada?

como seria honesta
se você me deitou nos teus braços
abriu cada botão da blusa
sussurrando putinha no ouvido esquerdo?

se pousou delicadamente sem pressa
a ponta dos dedos nos meus mamilos
até que ficassem duros altaneiros
apontando em riste só pra você?

maneira não há de ser moça direita
depois de ter as bochechas da nalga
mordidas por teu canino afiado
que gravou em brasa para sempre
com este sinal sou tua

não nenhum resto de pureza
assim que descerrou os meus lábios
dardejando a tua língua poderosa
na minha enroscada em nó cego

como ser mocinha séria
depois de beijar todinho o teu corpo
com medo com gosto com vontade
de joelho descabelada mão posta
à sombra do cedro colosso do Líbano
mil escudos e troféus pendurados

é possível ser moça de família
se me sinto a rosa de Sarom
orvalhada da manhã
com um só toque do teu terceiro quirodátilo?

Ai precioso amado querido
meu corpo tem memória e febre
meu puto me abrace me beije
sirva-se tire sangue me rasgue inteira
satisfaça a tua e a minha fome
finca o teu pendão estrelado
onde ele deve estar

oh não meu príncipe senhor da guerra
mocinha séria já não sou
me boline devagarinho
no uniforme de gala da normalista
atenção às luvas brancas de renda
me derrube na tua cama
de lado supina de bruços

me desnude diante do espelho
me arrume de pé dentro do armário
me ponha de quatro

me faça de carneirinha viciosa do bruto pastor
me violente sem dó com firmeza
só isso mais nada

sim bem-querido meu
sou putinha feita pra te servir
me abuse desfrute se refocile

quero sim apanhar de chicotinho
obedecer a ordens safadas
submissa a todos os teus caprichos
taras perversões fantasias
quais são? como são? onde são?

me diga como posso ir à igreja
de véu no rosto bíblia na mão
se você afastou com dois dedos firmes e doces
o mar vermelho entre as minhas pernas
expondo à vista ao ataque frontal
meu corpinho ansioso e assustado
me estuprou me currou me crucificou?

quando separou os joelhos
abrindo as minhas coxas
um querubim fogoso
de delícias me cobriu
com sua terceira asa de sarça ardente

como ser moça ingênua
se antes sou uma grande vadia   >

o teu exército com fanfarras desfilando
na minha cidadela arrombada?

ai quero te dar até o que não tenho
amado meu santuário meu
quero ser a tua cadelinha mais gostosa
como nunca terá igual
serei vagabunda eu juro
todas as posições diferentes
todos os gemidos gritos palavrões
todas as preces atendidas

desfaleço de desejo por você só você
montar o teu corpo cândido e rubicundo
é galopar no céu
entre corcéis empinados relinchantes

vem ó princesa minha
depressa vem ó doce putinha
aos gritos fortes do rei que batem à porta
o meu coração se move
salta de um a outro lado do peito
já se derretem as minhas entranhas
o rosto do amor floresce neste copo d'água

eu sou tua você é meu
por você inteirinha me perco
quem fez de mim o que sou?

sim amado meu
sou virgem princesa concubina

égua troteadora no carro do Faraó
vento norte água-viva
sou rameira tua rampeira Sulamita
lírio-do-vale pomba branca
morrendinha de tanto bem-querer
até que sejamos um só corpo
um só amor
um só

Arara bêbada

— Ah, se você deixasse, te chamava de nuvem, anjo, estrela. O que alguém jamais disse a ninguém. Sabe, Maria?
— ...
— Nunca mais seria a mesma. Você é a redonda lua azul de olho amarelo...
— Credo, João.
— ... que, aos cinco anos, desenhei na capa do meu caderno escolar.
— ?
— É a lagartixa que, se eu acendo a luz, saracoteia alegre pela parede e, de cabeça para baixo, espirrando a linguinha atira beijos.
— !
— Mimosa flor com dois peitinhos. Ó dália sensitiva de bundinha em botão.
— ?
— Já viu canarinha amarela se banhando de penas arrepiadas na tigela branca?
— Assim eu encabulo, João.
— Você fez de mim um piá com bichas que come terra.

No bolso

No hospital, o menino sem forças agoniza. O pai busca aflito os papéis do cemitério. Não acha. O menino, de olhinho aberto, no último suspiro:
— Tá no borso, pai.
Estavam. E o menino morreu.

Carnaval curitibano

De gralha azul, Sete Quedas, araucária fala o samba, não dá ritmo, não tem rima.

São quatro na ala das baianas, cada uma com fantasia diferente, usada em anos anteriores.

Na exibição diante do júri a garoa fina murcha as plumas do destaque da escola Embaixadores da Alegria.

A odalisca de peito nu e roxa de frio desacata o fiscal: *Qual é, cara? Nunca viu?*

O público não canta nem dança, a mesma cara triste conservada em formol.

A rua é só cheiro de pipoca.

O plano

Mais uma vez. Pela última vez:
— Eu te amo. Case comigo. Por favor.
Ela, a ingrata:
— Não. Não. E não.
Ah, não era dele? De ninguém mais seria. E seguiu à
risca o seu plano de vingança:
    atacá-la após o beijo de despedida,
    estuprá-la e sodomizá-la,
    enforcá-la,
    cortar a sua garganta,
    vazar-lhe o sangue na banheira,
    decepar e queimar os dedos das mãos,
    esquartejá-la,
    (a cabeça... olho azul meio aberto...
    o cabelo metade loiro metade vermelho coagulado),
    embrulhar os 14 pedaços do corpo
    em sacos plásticos negros,
    espalhando um por dia nos latões de lixo
    em bairros distantes de Curitiba.

O franguinho

A mocinha gorda, assim que o marido sai para o trabalho, limpa a casa e varre o quintal. Na cozinha prepara um frango assado para o seu amor. Já imaginou a alegria (e os beijinhos) quando ele voltar?

Ao retirá-lo do forno ela se deslumbra — o franguinho dourado, a pele crocante reluzindo.

— Vou provar uma asinha. Se está no ponto. Ai, que gostoso!

Não resiste: a segunda asinha. Osso apenas, a pele se desmancha na tua língua.

Só mais uma coxinha.

E o pescoço: nem tem carne, é um convite.

A outra coxinha?

— Ah, ele não sabe mesmo!

Lambuza dedos e lábios, assalta ferozmente a carne branca. E do precioso petisco o que deixa para o seu amor? Uma sobra toda roída de ossinhos.

O almoço de Natal

Naquele tempo em toda casa havia um galinheiro. Bendito galinheiro. E um porão escuro e úmido. Porão abençoado.

A iniciação amorosa de todo menino era feita onde e com quem você já sabe.

Éramos dois irmãos, cada um tinha a sua namorada. E cuidávamos de agradá-las com água fresquinha, folha de couve, punhado extra de milho.

Primeira vez só consegui atraí-la ao navio pirata & mina de ouro & nave espacial com migalhas de pão, nova Mariazinha perdida no caminho de casa. Já nas outras, bastava eu me curvar para adentrá-lo, ela me seguia a toda pressa em passo miudinho de gueixa.

Quando ela chegava fazia-se a luz na caverna. De suas tocas, aranhas e lagartixas espirravam as cabecinhas para vê-la.

Era sentimento mútuo, fonte de surpresas, delícias, arrepios de prazer. Ai, olhinho buliçoso que não piscava, sem pálpebra... para melhor te seduzir. De volta da escola, eu corria para o quintal e, ao me ver, ela abria as asas jubilosa ao meu encontro. Enquanto eu penava com as lições de gramática, para me consolar ciscava e arrulhava sob a janela.

A tragédia iminente era o famoso almoço de Natal. No dia fatídico seria a vez da tua bem-querida — a mais gordinha e apetitosa do terreiro. E, angústia maior, os carrascos alternados no altar do sacrifício você imagina quais eram.

Três, os métodos clássicos: golpe certeiro de machadinha no longo pescoço da mártir (sobre a bacia que aparava o sangue do molho).

Ou repuxá-lo sem dó finalizando no estalido seco — ao soltá-la, sem saber que estava morta, ensaiava uns tantos passos bêbados, antes de se esvair aos teus pés...

Ou, ainda, girá-lo com força até que ouvisse um crack!

Os sons fatídicos — o golpe, o estalo, o crack — eram as três pancadas da desgraça à tua porta.

Afinal me coube — ai de mim, maldito — abreviar os dias felizes da prometida do meu coraçãozinho de 7 anos. Nem pensar em desobedecer às ordens de Mamãe — atrás dela se levantava o poder maior desse Pai dos Pais, ditador trovejante de prêmios e castigos.

Cogitei de imolar não a eleita dos meus suspiros e, sim, a do meu irmão menor, tanto eram parecidas, gêmeas da mesma ninhada. Decerto, feroz na defesa do seu próprio amor, ele denunciaria aos berros a minha fraude. E eu sonhava, dormindo e desperto, com a bicicleta azul que, menino bem-comportado, ganharia no Ano-Novo.

Aqui a mão ponho na minha boca. Sou o túmulo do sofrimento humano.

E o crime foi consumado.

Para surpresa familiar (e minha, mais que de todos), não fui o único glutão a recusar com horror o pedaço predileto de coxa. Também ele, o caçula, se absteve de provar a noivinha inebriante ao molho pardo.

Foi a minha primeira desilusão amorosa. Ah, o coração feminino... Bem que era volúvel, ó ventoinha de penugem dourada vogando ao léu. O tempo todo me iludira, a ingrata — e com o meu próprio irmão!

Outras namoradas vieram. Da primeira você jamais esquece. O amor, essa coisa, sabe como é. Ainda hoje, dela me lembro: pequenina e trêmula nos meus braços, as macias penas arrepiadas, pipilante de prazer.

Tudo passa, ela passou.

Era aberta enfim a temporada de caça às primas. Viva a estação das priminhas!

Balada das mocinhas do Passeio

quem são elas?
em tão grande número
de onde vêm?
de que subterrâneos porões cavernas?
são os derelitos do Dilúvio Universal?

você chega corre parte
mas não as mocinhas do Passeio Público
não chegam nem partem
estão sempre lá

incansáveis caminham
pra cá pra lá
sempre estiveram
pra lá pra cá
estarão para sempre

minissaias coxas varicosas
foto na hora
botinhas altas de sola furada
algodão-doce pipoca
boquinhas em coração de carmim
antes ventosas de medusas vulgívagas

psiu! oi tesão! vamo?

atração maior do Passeio
não é a gaiola do mico-leão-dourado
o aquário do peixe-elétrico
as cobras catatônicas o iguana pré-histórico
o pelicano papudo de asas entrevadas
tipo o albatroz no barquinho de Baudelaire

não é o viveiro de aves canoras
epa! um casal intruso de arapongas
desde quando a-ra-pon-ga trina e gorjeia?

o espetáculo do Passeio
não são as araras bêbadas aos berros
nem o velho cedro florido de garças-brancas
a grande festa do Passeio
são as mocinhas pra cá pra lá
na ronda sempiterna do amor

uma só delas
vale um circo inteiro em desfile
com a anãzinha das piruetas no cavalo pimpão
a engolidora da espada de fogo
a elefanta graciosa no chapeuzinho de flores
a trapezista do duplo salto-mortal
sem rede!

discutem gentilmente o preço
uma rapidinha quanto é?   >

como se vendem fácil
as damas peripatéticas do Passeio Público

ao sol ao frio à chuva ao granizo
com fome com febre com tosse
estão sempre lá
à caça dos clientes furtivos
mais duradouras
que o carvalho e o plátano seculares

lá estão sempre
as famosas mocinhas do Passeio
nem tão mocinhas
são trágicas são doentes são tristes
quem pode querer tais centopeias do horror
como esperar que alguém as cobice
derradeiros objetos do desejo?

medonhas aberrações teratológicas
galinhas de duas cabeças
treponemas pálidas
íbis sagradas de carapinha negra
aracnídeas hotentotes
gárgulas banguelas gargalhantes?

aí é que se engana
são desejadas sim cobiçadas sim disputadas sim
essas últimas mulheres da Terra
não fossem elas
o que seria dos últimos homens da Terra?

esses hominhos desesperados
sempre com sede com febre com tosse
sobretudo famélicos de um naco de carne
arre danação maldita da carne
urra salvação da carne da vida

são feiticeiras Circes
das verdes águas podres do Rio Belém?
são górgonas grotescas?

pudera com tais clientes
mequetrefes bandalhos escrotos
que não fazem amor
estripam curram vampirizam

são elas blasfêmia abominação escândalo
dos falsos profetas
das mil igrejas de Curitiba
veros cafetões do dízimo?

elas são na verdade o sal da terra
são irmãs de caridade
são madonas aidéticas
são santinhas do Menino Jesus
onde tocam saram os carbúnculos malignos

não as despreze nem condene
doces ninfetas putativas do Passeio
mais fácil uma delas
passar pelo buraco da agulha
que eu e você entrarmos no Reino do Céu

ó bravas piranhas guerreiras
elas serão as sobreviventes
à sétima trombeta do Juízo Final
ao dragão e à besta do Apocalipse

no dia seguinte ao Armagedom
restarão na Terra
as baratas e elas

você chega corre passa
elas não passarão
pra cá pra lá

psiu! oi tesão! vamo?

pra lá pra cá
para todo o sempre
as minhas as tuas as nossas
putinhas imortais do Passeio Público

Ei vampiro, qual é a tua?

Buscando se livrar da pecha de repetitivo, o contista agregou ao seu conhecido circo de horrores uma nova galeria de monstros morais. Perdido entre a tautologia e a platitude, se pendura sobre o oco do próprio coração.

Eis o desfile grotesco dos filhos da noite desse vampiro de almas e lobisomem de espíritos: fornicários, sodomitas, pedófilos, sadistas, maníacos, uai. Que feira de aberrações!

Invertendo o axioma de que com bons sentimentos se faz a pior literatura, ele escreve direito, mas pensa oblíquo. Claro nas palavras, tortuoso no significado. Ora, não bastam maus pensamentos para cometer boas letras.

Tudo bem que ao escritor nada do que é humano lhe seja estranho. Certo que lhe cabe propor perguntas e cultivar dúvidas em vez de aplaudir falsas verdades. Daí pretender que você e eu, hipócritas leitores, somos o quê? sepulcros caiados de vermelhidão?

Qual o propósito de narrar tais e tantas abominações? Se nada é simplesmente preto ou branco, para o nosso autor só existe o cinza? E onde ficam todas as cores do arco-íris?

O simples inventário dos crimes, loucuras, paixões e desamores humanos, essa a boa obra de quem, ao expô-los e assim abjurá-los, exerce a sua função de moralista relutante, lançado sub-reptício, aqui e ali, uma pequena semente de inquietação ou remição?

Lembra antes um cronista mudo, surdo e cego. Mudo aos encantos do mundo e da vida nossa de cada dia. Surdo ao trino dos passarinhos e ao vozeio inocente das criancinhas. Cego aos ipês floridos da Praça Tiradentes e a essa graciosa cidade que é, sim, um Jardim do Éden à beira do Rio Belém plantado.

A nós outros o escriba sugere um amador de opereta bufa pornô. Os seus personagens são primos tortos da barata de Kafka e do rinoceronte de Ionesco. Ou gêmeos xifópagos espirituais dos três irmãos Karamázov.

Inútil acenar com a lição do apóstolo: se fez de maldito para os malditos, a fim de ganhar os malditos? Fez-se de criança, virgem louca, travesti, velhinho aceso de luxúria senil para, com seus lírios negros do mal, chegar a redimir alguns?

Uma flecha envenenada, eis a palavra do contista. Não foi, como tanto ambiciona, o olho do cego nem os pés do coxo.

O coração vicioso da garota anuncia fatal! a perfídia da mulher. Capitu traiu, tudo será permitido — nada mais é sagrado?

Não nos convence. Decerto esse não é o bom combate. Ao contrário, o autor perdeu a batalha, nem sequer travada. Acabou a carreira.

Ora, direis: um mestre do passado. Do passado, sim. Mestre, nunquinha. Ai dele, sem presente. E o futuro? Só cinzas.

E só.

E mais nada.

Mundo, não aborreça

Me diga, você. Me dê um só motivo pra querer a morte da Cecília. Se era o sustento da casa. Ganhava mais do que eu. Não tinha seguro de vida. Nem herança pra deixar.

Ela me pediu. Fervesse a água e botasse a garrafa de plástico nos pés, estava morrendo de frio. Daí dormimos.

Meio da noite rebenta a garrafa. Queimou todo o seu pé direito. E a perna soltava uma pele negra. Fomos de táxi ao pronto-socorro. Feito o curativo, nos mandaram pra casa. Não fosse a maldita diabete...

Quem dela cuidou por dez anos? Sim, dez anos esteve doente. Não é verdade que a maltratasse. Ou deixei de acudir esse tempo todo. Imagine largar na desgraça a única irmã. Lidei com essa ferida na perna por dez anos.

Ceci ganhava mais do que eu. Fornecia a casa e me ajudou na precisão. Agora fiquei sozinha e abandonada.

Bem que ela teve assistência médica. E quem a valeu todos os dias? Serviu de enfermeira? Sempre ao seu lado. Sem descanso nem sossego. Exausta, cabeceando numa cadeira dura.

Foi aí que teve o derrame. Chamei a ambulância. No hospital não foi bem tratada. E ficou com trauma. Ao visitá-la me pediu não a deixasse lá. Queria morrer em casa.

Ninguém cuidava dela. Era só eu. Mais tarde uma enfermeira veio fazer curativo na perna. Me ensinou a trocar a gaze esterilizada.

De volta do maldito hospital, a Ceci enjeitou os remédios. Duas vezes ao dia, ao lado do copo d'água, eu trazia no pires. Ela deixava ali, sem tocá-los. Se era inútil, parei de oferecer. E perguntava, solícita:

— Você está bem?

Seca e lacônica:

— Estou.

— Sente dor?

— Não.

— Quer alguma coisa?

— Nada.

Não conversava, como antes. A faladeira sempre ela. Viver pra quê? Oitenta e cinco anos em janeiro. Tempo demais. Os dias repetidos — o que de bom aos oitenta e cinco anos você pode esperar? Resta alguma coisa para desejar aos oitenta e cinco anos?

Da cama se arrastava para o sofá diante da janela. No começo ainda se distraía: o cantiquinho da corruíra, o voo do beija-flor, o desenho das nuvens no céu — ondas róseas de espuma desgarradas ao vento em busca do mar perdido. E molhava com amor os vasinhos de violeta no peitoril.

De repente perdeu o interesse. De costas para o mundo. Nunca mais olhou lá fora. Preferiu a parede nua diante dela.

Até que um dia resolveu não sair mais da cama. Me proibiu de abrir a janela. Espanar o pó. Ou trocar os lençóis. Nem arejar nem nada.

— Ceci, posso fazer alguma coisa?

Ria do quê? de quem? a dentadura inútil no copo d'água.

— Não aborreça.

Era tudo.

Ali encolhida, de cara pra parede, coberta até a orelha. Alguma vez a ouvi rezando em surdina. Depois nem isso.

Ou meio sentada, a cabeça sobre dois travesseiros. O queixo pontudo apoiado na mão esquerda — um mapa em relevo de sinais dos últimos dias. Em que pensava lá longe a trêmula cabecinha branca?

Eu trazia um pratinho de caldo de feijão. Ou, sua predileta, uma canja cheirosa. Nenhuma vez aceitou. Essa mesma gulosa que nunca resistiu a uma fatia dupla de bolo de chocolate?

Foi escolha da Ceci. O que mais eu podia? Senão atender ao pedido e não aborrecê-la. Daí me acusar que facilitei a sua morte... Se nada tinha a ganhar.

Duas professoras, solteironas e aposentadas. Moramos e trabalhamos juntas por trinta anos. Para ganhar mais uns trocados, tirei curso de radiocomunicadora e fiz alguns biscates.

Ah, ia esquecendo, nos últimos meses a Ceci me passou procuração pra receber a sua aposentadoria. Mas nunca fiquei com nadinha, nunca. Ela ganhava mil e poucos reais. Eu, só a metade. Somando, mal dava para as despesas. Sem falar dos exames e remédios caros. Nunca o dinheirinho bastava para comprar todos.

Tinha má circulação e outras doenças. Mas podia ter vivido muitos anos. Escolheu diferente. Antes do derrame, quando estava boa, a gente bem que passeou.

No banco da pracinha falava com as pessoas.

Andando de ônibus, sem pressa, até o fim da linha.

Íamos à praia e, a mais exibida, erguendo a barra do vestido, ela molhava na pequena onda o pé leitoso de nervuras azuis.

A gente não se apartava. Pra cá pra lá, sempre juntas. Não descurei, eu juro, a minha irmã. Oh, não. Deus está no céu e eu na terra. Ele tudo vê. E sabe que não a abandonei.
 Até me sacrificava. Tudinho primeiro pra ela. O lugar da janela no ônibus. A moela e o coração da galinha.
 Ceci era toda a minha família. A falta que eu sinto, já pensou? Tenho duas sobrinhas, não sei por onde andam. Cada uma lá com a sua vidinha.
 Foi assim. Naquela manhã, entrando no quarto, ela não respondeu — nunca respondia. Um silêncio oco e suspenso. A doce morrinha enjoadiça.
 Chego perto, me debruço. Fosforescendo na penumbra a face lívida. Queixo caído, o buraco sem dente. Olho branco vazio. Bem aberto. O narigão torto cobria todo o rosto.
 Chamei a assistência. Veio a enfermeira e confirmou o óbito. Me pediu informações. Tudo eu contei, direitinho. A queimadura, o derrame, a decisão pessoal.
 Sem eu esperar, me chamou de assassina. Devia tê-la impedido. Internar no hospital. Ora, exatamente o que a Ceci proibiu.
 Só não denunciada à polícia pelos meus muitos anos. Decerto senil, irresponsável do ato criminoso. Cobiçando, quem sabe, a pobre aposentadoria da irmã. E, desumana, aceitei que se finasse à míngua, de inanição...
 Providenciou a remoção do corpo. Mais alguns insultos. E afinal me deixava em paz.
 Quatro vizinhos assistiram ao velório na capela e acompanharam o enterro.
 Ninguém chorou.
 Sobre o túmulo apenas um vasinho de violeta em flor.

Algum tempo segui a triste rotina. Distração na pracinha. Compra no mercado. Passeio sem destino de ônibus. Afinal perdi o gosto. Pela conversa — e agora eu que falava. A canja de galinha, só pra mim. Mais a moela e o coração. A viagem, desta vez ao lado da janela. A sesta, refestelada no único sofá. E receber no banco, riquinha (ai, por um triz, essa maldita enfermeira), as duas aposentadorias.

Os meus dias contados. Logo logo ao encontro da Ceci. Espero não me guarde rancor. Hoje, com a sua idade (minto, alguns aninhos mais). Igual a ela, velhusca e achacada.

E também eu, no último suspiro, aqui sozinha — sem irmã que me feche os olhos.

Viver pra quê?

O que desfrutei já basta.

Mundo, não aborreça.

Lábios vermelhos de paixão

Sabe o que é beijar outra moça na boca? A língua dócil e macia que se derrete de tamanha gostura e ostra coleante já tateia caminho por entre os dentes?

Sabe lá o que é lavrar essas dunas movediças no meio das coxas?

E a delícia de vê-la descruzar as pernas, antes mesmo de você pedir — o som da tua única mão que bate palmas?

Ai, uma mocinha que se entrega tem a boca entreaberta, os seios saltam (na infinita esfera celeste alguém já viu curva mais perfeita?), saltam em pé da blusa, dois duma vez, ofeguentos com falta de ar.

E uma colmeia, sim, de vespas laboriosas sob a calcinha.

Se você a exalta com os mais líricos palavrões mais babada fica de suspiros gemidos gazeios. Xingar gentilmente uma moça é ganhá-la de puro amor.

Pastar e mordiscar sem pressa um e outro peitinho — que pouco tempo dispensam os homens aos nossos mamilos e aréolas! —, sugar essas metades perfeitas de pera? pêssego? taça de vinho rosado? enquanto (a calcinha já molhada) se coze em fogo brando o precioso fruto.

Ah, fique de quatro, querida putinha. Oh, bunda! que o teu poder mais alto se alevante. Essa tua nalguinha, meu delírio! Soneto alexandrino perfeito, ó cesura dupla ó rima rica ó fecho de ouro!

Agora baixe devagar vagarinho a mínima calcinha.

Ai, ai, nego meu, no curso dos eventos humanos qual mais importante que a tua garota disposta a tudo o que você quer? Esse traseiro meneando obediente oferecido no beicinho pra ganhar dendém.

Agora a minha vez. Beliscar com gana, bater sem dó, descompor de paixão. Minha putinha é o encontro místico das ondas do céu e das nuvens do mar. Já lambida do licor de abelha-rainha — os pentelhos emaranhados, os grandes lábios trêmulos, o vale de sombras no portal das coxas fosforescentes.

Indefesa nessa postura é que te quero. Beijo e babujo os pequenos lábios que em retribuição piscam gaguejam miam.

Saído do forno um quindim de pétalas dentadas a tua vulva, tão doce pronto me arrepia de cosquinhas o céu da boca. Assim túrgida, vê-la e degustá-la é obra de um instante. Provo aos bocadinhos no suave embalo de suspiros e queixumes.

Umedeço o indicador no sumo fervente e meigamente dedilho o cuzinho em flor. Pouco me demoro que ela, aos arrulhos e ganidos, já não pode esperar. Com o terceiro quirodátilo esquerdo lhe revolvo fundo a rósea concha bivalve — e sei que lá vem grito.

Um, dois segundos. Pronto ela começa a pedir para morrer. Sinto o clitóris em riste e exerço ligeira pressão no rabinho. E dá-lhe ai. Dá-lhe gemido. Dá-lhe lágrima e soluço.

Nada se compara a fazer uma mulher gozar. Veja como ronronante se enrodilha. Te olha langorosa, toda perdida. Labareda e febre, agora quieta e submissa.

Não fique sossegada, querida. Mal sabe o que te espera. Oh, barquinho bêbado! com ele descobrir as nascentes virgens da sagrada fonte. E me aventurar pelos cinco oceanos crespos das mais perversas fantasias.

Obrigá-la a desfilar nua, sim, em lágrimas, sim. Sapatinho prateado de salto alto. Longa cabeleira desfeita. Meia preta e liga roxa só numa perna, a esquerda. Em lágrimas, sim, todinha nua, sim, pra cá pra lá na passarela dos meus caprichos delírios loucuras.

Do ninho pipilante de boquinhas gulosas retiro o dedo e volteio nos seus lábios. É puro mel que o colibri alucinado suga e o olhinho vesgo revira.

Então nos beijamos. E aqui a maravilha: qualquer mulher goza — sem esforço algum — duas, três vezes seguidas. Com tal prelúdio nos satisfazemos até cinco ou seis — e só descansamos por exaustão e não saciedade.

Ainda insatisfeitas, a custo nos separamos. Garotas de fino trato, resistimos. Na verdade mais gosto de iniciá-la em proibidas delícias do que eu mesma gozar.

Homens, ó babuínos tatibitates das cavernas. De repente — como explicar? — um certo asco físico e espiritual (não do meu neguinho, que esse é único).
Arre,
o andar desengonçado,
os pelos, o pelego de pelos!
o suor, o suor,
a pança pomposa e obscena,
a impaciência no prazer,
ai não,
a ejaculação precoce.

Tudo fazem com pressa.
Malfeito sempre.
E isso não é nada.
O pior é a conversa.
Não escutam, não entendem, nunca leram um livro, não viram uma pintura, nunca ouvem uma sinfonia.
Sabem, sim, o quê? Se vangloriar dos tantos e muitos litros por quilômetro que apostam no carrão prateado.

Eis que ela já me olha mendicante. E começamos tudo de novo.

Com mil variações.

Que vista a minissaia xadrez plissada.

Que eu pinte os lábios de vermelho-paixão.

E dançamos na penumbra entre ósculos mordidas amassos. Eu (ela) sussurro(a) aos dardejos da linguinha na orelha o que vai/vamos fazer.

A vez de qual apanhar?

Beliscão? palmada? chicotinho?

Quem saracoteie o strip completo?

A que se masturbe? Use o consolador — o médio verde? o grande azulão?

Isso, sim, neguinho meu, que é excitante. Vá por mim, experimente só pra ver.

Ó alegria, sublime alegria! Espiá-la de pernas abertas — marcha lenta, trote, galope —, intrépida domadora upa! upa! do rebelde ginete corcoveante upa lá lá! a rédea nos dentes. Tremendo é o fogoso resfolegar de suas narinas.

E ordenar: faça nessa posição, agora na outra. Em frenesi beijá-la e manuseá-la frente e atrás nas dobras e fendas mais secretas.

Afinal cobri-la de tapas estalados e amoráveis palavrões.
Até que, exausta de prazer, desmaie e faleça nos teus braços. Para sempre no fundo dos meus esses negros olhos putais. Ai, grande cadelinha rampeira. Essa não...

Ai, essa não. A voz irritante do bobo do meu marido no corredor:
— Querida, cheguei. Sou eu. Onde está o meu bem?
Bem quando... Ah, esse cara me paga. Recomponho as rugas do vestido e me afasto do espelho — que pena ser de novo uma.
E não mais as duas mocinhas perdidas de amor no breve sonho acordado.

Hiena papuda

hiena papuda necrófila
traveca de araponga louca da meia-noite
mente na vírgula mente no pingo do i
mente no bico fechado mente na carta aberta
corrilho merdoso de intrigas e falsidades
caráter sem jaça de escorpião
filho adotivo espiritual de Caim
delator premiado informa dedura
a desonra, ó cagueta, é o teu butim
fora, traidor do amigo! Rua, olheiro maldito!
no teu coração pesteado rondam os lobos da inveja
na tua alma leprosa
uivam os chacais da infâmia
Judas que se vendeu por trinta lentilhas
uma corda uma figueira seca
se não for à figueira seca
A figueira e o laço da corda
fatal irão logo logo até você.

Cara senhora

Cara Senhora,

Se bem me lembro, encontrei-a num evento social — há que anos? Decerto a sua vida terá sido muito interessante. Devo confessar, vergonha minha, que dela nada sei. Não fui seu aluno, não conheço nenhum seu ex-aluno. Logo, não é absurda e ridícula a sua presunção de encarnar a minha pobre Capitu?

Ela é minha, eu a fiz para mim. Filha pródiga dos devaneios do caçador solitário. Numa noite negra de insônia o relampo fulgurante da epifania.

Aqui aproveito para avisar o passista de miudinho nos bailões da terceira idade que não é ele o herói de "Sapato branco bico fino". Nenhuma avozinha, dada a aventuras galantes, se julgue retratada em "O Quadrinho". O travesti de programa desista de assumir que é "Lulu, a louca". Tampouco ousem as virgens loucas gorjear os meus "Cantares de Sulamita".

Assim lhe peço, cara Senhora, que se retire da pele de minha personagem. Desencarne, por favor, essa criatura que é antes uma nuvem de boquinha vermelha e liga roxa.

Desde que ela não é a Senhora, resta uma só certeza: Gustavo era Ema e Capitu sou eu.

O velho poeta

Três da tarde encontro na confeitaria o velho poeta. O nosso tipo faceiro do mestre parnasiano Alberto de Oliveira. Juba toda branca, bigodão, óculo. Impecável no chapéu com peninha e bengala (invisível).

De volta do correio, despachou alguns exemplares da nova obra.

— Epa! Livro inédito?

— Mais um. Perdi a conta. Cerca de quarenta.

— Qual é o título?

Ei-lo de olhinho vago, o ar confuso.

— Sabe que agora me escapou. São tantos. Ando meio esquecido...

— Ah, isso é natural. Eu também.

Pobre do nosso festejado orador, a patativa gorjeante dos túmulos. Indispensável no enterro dos beletristas imortais, já não lhe acode o nome do falecido. Se perde no aranhol das frases, indeciso para concluir o discurso. Em desespero, para se safar, uma citação latina, ainda que aleatória.

Desmemoriado, mas não vencido. Gesto mais lento, para designar alguém se vale do famoso recurso:

— Como é mesmo... Esse menino... Ora, você sabe... O coisa...

Ainda um forte, nada o abala. Insiste mais uma vez na esclerose do trêfego Edu, o artigo tatibitate no jornal.
— O Jonas, muito envelhecido, não vai longe. E o Davi, então, nem se fala.
Egotista, rabugento, teimoso como só, haja paciência para sofrê-lo. Meio surdo, de súbito perdidos, cada um falando de outro assunto.
O de sempre, se acha injustamente esquecido. Já não é citado nas resenhas e antologias. Tão lido e sabido nas letras, tantos prêmios e títulos. E assim o desdenham, quando não insultam:
— *Por que não descansa a pena vetusta?*
Em vida recordado já fosse morto. Você leu um só poema? Dispense os demais. Repetitivo, o passadista, o mesmo.
— *Ó deusas cansadas! Ó anoréxicas musas!*
E, não bastasse, agora nos últimos estertores da luxúria senil.
A cidade é outra, ele o eterno poetão — a lenda no reino dos bárbaros do verso livre.
— Me sinto mais próximo da barata de K do que dos novos poetinhas de Curitiba!
Troveja contra a província ingrata:
— Uma aldeia estrangeira. Dela escondi o meu rosto. Ninguém mais conheço. Já não falamos a mesma língua.
Embora não o desgoste a pretensa identificação do bardo com o personagem. Lisonjeiro o renome de trovador fescenino e bandalho, reinando ao sol negro dos inferninhos.
Melhor do reumatismo, de nada se queixa, sequer o pezinho frio. Nenhum desgoverno das tripas, não sabe o que é embaraço gástrico, noite de insônia.

Epa! interrompe a própria louvação para uma e outra corridinha urgente ao banheiro.

Fim de semana saudado na praia por um banhista, ambos de calção, ele sem óculo. Surpreso que tanto soubesse da sua vida, afinal não se conteve:

— Mas quem é você?

— Ora, quem sou eu?

— ...

— Sou o Tito, poxa! O teu irmão Tito. Já não me conhece?

Arrastado a uma volta ao mundo em vinte e um dias — o crime perfeito urdido pela doce companheira. Sobreviveu ao programa do guia turístico: uma noite no Moulin Rouge, as torres da catedral de Colônia, o passeio de ônibus nas ruas sórdidas do Cairo.

Ah, Paris é uma cidade linda. Madri é linda. Lisboa é linda. Cara, só isso pra contar? Bem que reserva ciosamente para a obra o sorriso da garota de vestidinho branco numa viela de Florença. E o ravióli à carbonara — supimpa! — servido na mesa sem toalha da cantina grega. E o pilequinho do rascante vinho verde no bistrô da rua Caumartin. (Que o levou a tentar naquela noite, ai, sem sucesso, o último orgasmo com a parceira inerte e fria.)

Ei-lo de volta, inteiro, impávido. Ela nem tanto, desordem nas entranhas e depressão do espírito. Nunca mais se atreverá. Reconhece que, embora velhusco, é indestrutível.

O poeta pede chá com torrada. Para resisti-lo tomo café com leite. Mais uma empadinha. Mais um papo de anjo. Mais um quindim. E outro, em estado de graça.

Não me comove o seu olhinho cúpido de inveja enquanto, mísero consolo, evoca o célebre croquete de bacalhau da tia Zica.

Nada aproveito nas duas horas. Acho que isso lhe devo, pelo que já foi e, ai de mim, tão bem versejou. Triste ser um mestre do decassílabo, o virtuoso da rima rica, o derradeiro da espécie.

Como porém não lhe admirar a coragem? Na sua idade, solitário pelas ruas — achará na volta o caminho de casa? Na esquina, tateante, inseguro, devo guiá-lo pelo braço. Em momento algum admite a degradação dos anos, o caruncho na alma.

— Não sinto nada. Não sofro de nada.

Já se defende, impávido espadachim que se bate. Que se bate. Que se bate.

— Pretendo celebrar os cem aninhos. Ainda chego lá.

Eis que divaga, ausente da conversa. Não enxerga nem ouve direito. Confessar ou admitir? Não ele, assim que deve ser, valentão até o fim.

Vangloria-se de dormir sem problema, basta encostar a cabecinha no travesseiro e, pronto!, o sol bate palmas na sua janela.

Ah, é? E a famosa insônia crônica — gritos e uivos do pesadelo que provocam taquicardia e terror na velhinha ao lado?

E como tem sonhado. Assunto para novos poemas oníricos. Sem esquecer os eróticos. Uai, já pensou?

— *Canto os amores das ninfas negras!*

Com sorriso gaiato, insinua a visita de jovens admiradoras, que se oferecem para lhe aliviar a solidão sentimental.

Na despedida, confessa que não sai quase de casa. Empurrado pela santa velhinha:

— Ande, amorico.

Entre resmungos e rosnidos, se tratam apenas de amorico, amoreco.

— Vá passear. Se distrair com os amigos.

Antes que me afaste, a súbita precisão de se confessar.

— E quais amigos são esses? Que fim levaram? Todos mortos descartáveis esquecidos.

Apesar de emocionado, já ensaiando uma estrofe da próxima elegia:

— Na lagoa do Passeio Público eles flutuam ao luar, entre os pedalinhos, pra cá pra lá... solenes de terno e gravata, a barriga inchada à flor d'água, pra lá pra cá...

Menos dramático.

— Epa! que fim, que triste fim deram aos famosos chatos da cidade? Nas ruas já não esbarro em nenhum conhecido, sequer os tais chatos das sete pragas do Faraó. Programado para deles fugir, não é que de repente sinto a sua falta?

A voz rouca:

— E quanta visão patética. Um velho colega, amparado no braço do filho, arrasta os pés. A braguilha — fatal! — aberta...

Suspira fundo.

— O Lima, perna dura e bengala. Ai, não! o fundilho da calça...

Um fio de baba escorre da boquinha torta e pinga na bela gravata azul — nem se dá conta.

— A graciosa namoradinha... Piedade, Senhor! Ó santíssima! Ó patusca! E a mim, como eles verão, ai de mim...?

Trêmulo, se apoia no meu braço. E assim de perto, fagueira e sub-reptícia, me envolve a agridoce morrinha do velho.

— No caminho de casa já desgarrado e errante. Que praça é essa? Qual rua desconhecida? Que cidade nunca vista, meu Deus?

Todo ateu que ele é, bem O sabe invocar na hora de aflição. Não mais uma flor de retórica e perdigoto depositada no ataúde dos imortais.

Exibe um dos papeluchos no bolso. Com o nome completo. Endereço. Número do telefone.

Em letra feminina, duas linhas sublinhadas: *Por favor, contatar... Será bem gratificado.*

— Para o caso de...

Um aperto frouxo de mão.

E a promessa vaga de novo encontro, a que não pretendo ir.

O escritor

— Me fiz de bêbado entre os bêbados, para ganhar os bêbados.
Me fiz tudo para todos, para por todos os meios chegar a entender um só — ai de mim!

Flausi-Flausi

Agosto, 3: Saí da janela, não ver o enterro. Esse pequenino caixão branco... E a estranha procissão de uma só! Sozinha, a mãe dolorosa, o luto fechado na sua dor. *Costuro o morto, o vivo não!*, dizer três vezes.
Que bom conversar com você, meu diário. Oito horas da manhã, passam de eternos cabelos despenteados os estudantes rumo às aulas. Pensei o dia todo: *Para o meu príncipe serei a sua cinderela de pequenos sapatos; ai! só para ele.*
No caixãozinho a garota errada que ainda não tinha morrido.
Agosto, 4: Eu sou feia, querido diário?
Agosto, 5, de manhã: Sonhei, outra vez, ai que horror! Me debatia nos braços de um monstro de luxúria, a barbicha loira, e que se ria, cínico. Afastei-o, já sem força:
— Para trás, miserável!
O sacripanta enrolou os bigodes e voltou à carga. Eu fugia, ele cada vez mais perto, a barbicha de ponta eriçada. Lambendo os beiços:
— Minha, enfim!
E avançou para mim, coitada, que... Despertei.
Penitência do padre: dez padre-nossos e dez ave-marias.
Agosto, 6: Um dia ocupado. Papelotes no cabelo, manicura e, à tarde, compras (não esquecer a linha bege). Na rua,

ele passava por mim e não me viu; belo e muito longe. Eu...
Não, não vale a pena.
Agosto, 7: Sua feia!
Agosto, 8: Juro não fumar mais que três cigarros por dia.
a) *Aninha*.
Agosto, 9: Hoje cruzava, sob a janela, um operário suado, a garrafa de café na boca da mochila. Cravou-me olhar fogoso e fatal. Oh! toda ruborizei, o seio palpitando.
— Ai, que bruto macho!
Um eufemismo, depressa, por favor.
Agosto, 10: Pensamento achado numa revista: *O amor é um sonho nebuloso!* Lindo.
Agosto, 10, de noite: Tão triste, basta fechar os olhos para morrer. Leio Casimiro de Abreu e toco ao piano *Dalila*, *Às três da manhã* e *Nelly, Nelly, te quiero*.
Agosto, 11: Ai de mim! Só serei feliz no céu.
Agosto, 13: Vontade de ser freira. No claustro e ausente do mundo. Baixa a cabeça, Aninha, reza as tuas preces.
Agosto, 16: Sem fome, belisquei meio pãozinho, uma asa de galinha. Careta para tomar o remédio. Amargo.
Agosto, 17: Cinema. A voz rouca de Charles Boyer.
— Eis um galã de fino trato!
Tentação inconfessada de beijar o homem barbudo na cadeira ao lado.
Agosto, 19: A imagem no espelho é de guria pálida, pálida, grandes olhos líricos. A palidez é a sublimação do amor e, mais um pouco, me desvaneço nuvenzinha entre as nuvens.
Agosto, 21: Que adianta esperar, se ele não vem: quem? Ora, o meu príncipe, no seu negro cavalo empinado. *Um pratinho quente de mingau?* Por favor, mãe, eu não quero.

Agosto, 22: À janela, com insônia, olho a lua. Suspiro pelo que perdi sem ter tido — o meu país de guapos mosqueteiros, com plumas verdes no chapéu. Sol e música mais Rudi. Frio nos braços, o conchego da manta xadrez. E essa tosse. E essa febre — as faces em fogo.

Agosto, 23: No telhado um gato solitário declama versos à lua.

Agosto, 25: Ele chegou no seu corcel de narinas resfolegantes. Galante príncipe, que dizia:

— Senhorita, meu reino por um chá de camomila!

Setembro, 2: Violetas floridas nos vasos, uma cantiga saudosa da Odete na cozinha, mais gatos à noite sobre os muros. Oh! Casimiro, Casimiro... (Gatos não, gatas.)

Setembro, 3: Do *Jornal das Moças* — *Eu vos conjuro, filhas de Jerusalém, que se encontrardes o meu amado o façais saber que estou enferma de amor.*

Setembro, 4, de manhã: Um desejo tardio de pecar.

Setembro, 4, de noite: Que aparência teria ele em trajes menores? (Riscar este pedaço!) Pernas cambaias, talvez.

Setembro, 6, domingo: Pressa de viajar pelas estradas, uma aldeia perdida lá no Tibete. Que nome teria?

Setembro, 7: Ora ardendo em febre. Ora tiritando no gelo. Meu Deus, por que essa judiação com a tadinha de mim?

Setembro, 14: Diálogo na sala de estar.

— Rudi!

— Boa tarde, menina.

Assim que ele entrou, uma corruíra afiando o bico na árvore, o garnisé jururu no terreiro, a preta com suas panelas na cozinha — romperam juntos num canto louco de alegria.

Suspirei baixinho: "Meu Deus do céu". Ele apenas sorriu, indiferente. Ah, sem engano, morte violenta e certa para mim.

— Nada para me dizer?

— Eu, o quê, mocinha...
Tarde mais desgracenta de minha vida.
Setembro, 15: Meu querido diário... Nada, só isso: querido diário.
Setembro, 16: Que gosto há de ter gasosa de framboesa, cabeça de fósforo amassada, aguarrás? O que Maria da Luz bebeu por amor do cabo Floripes. No bilhete a razão do tresloucado gesto: ele, o ingrato, tinha outra. O cabeçalho do jornal é tão bonito: *Adeus, Floripes!*
Setembro, 18: Sonho; homem com a barbicha de ponta arrepiada.
Mas não irei à igreja.
Setembro, 19: De quem essa imagem desbotada no espelho? Inútil beliscar as faces. Ai, fundas olheiras. E tossinha pertinaz.
Setembro, 20: Sou mesmo... o quê? Um triste lírio tísico.
Setembro, 21: Primavera na folhinha.
— Senhorita, uma flor para os seus cabelos?
— Obrigada, cavalheiro, não fumo.
Por que essa tolice?
Setembro, 22: Ah, os beijos molhados que, de repente, sinto na nuca. Olho com espanto em volta — sozinha no quarto.
Setembro, 23: Uma gota de sangue no lencinho branco.
Setembro, 25: Outra mulher há que dorme sob a virgem, fatal até nas unhas pretas, uma longa piteira na boca purpurina.
— *Garçon, whisky and soda.*
Setembro, 26: Como eu odeio as criancinhas, sempre aos gritos, correndo felizes e coradas pelos jardins. Ah, como as odeio!
Só de pensar, eu sei, mereço o inferno.

(E você aí não conte a ninguém.)

Setembro, 27: Chuva, dedos gélidos batem na vidraça, chove lá fora. Um cobertor sobre os ombros. Está bom aqui dentro. Virá me buscar à meia-noite uma carruagem fantasma sem cocheiro na boleia. Em despedida, dormir nos braços de algum viúvo triste; por favor, só me levem quando ele esteja dormindo.

Setembro, 29: Eu o amo, perdida e louca. Ele não me ama, eu sei. Simples olhar ou gesto banal, o alfinete da esperança já pinica fundo o peito. E, submisso, deita-se o meu coração a seus pés, feliz de ser pisado.

Quero prendê-lo em tímido abraço e impaciente já se desvencilha e foge. Parte, meu amor, e sê feliz!

Setembro, 30: Vi-o, no saguão do teatro, ao lado da outra. Sorriam e segredavam tolices, roçando as belas cabeças. Ela de vestido encarnado, uma rosa no cabelo. Dize-lhe adeus, Aninha, que o donzel ame a sua donzela. Ai de mim! e a donzela morra de amor pelo seu donzel.

Outubro, 1: A sua combinação aparecia sob o vestidinho curto. Minha vingança!

Outubro, 2: Visita a dona Clarinda, tem 70 anos, que velha, credo!

Quarto em penumbra. Uma estátua de sal se derretendo no tapete. Cega, a bengalinha em punho, esgrime com a certeira foice da morte:

— Eu não quero morrer. Ainda não.

Diz ela que, só na velhice, a vida tudo nos dá e um pouco mais. Na despedida, com mãos trementes afagou-me o rosto. Sem rugas, que ela invejou, eu sei.

— Reze, filha, reze por mim.

Mamãe disse que dona Clarinda, no seu tempo, foi moça belíssima. Uma flor nos cabelos: *Amas-me? Sim, amo-te!*

Lembrando, será? uma valsa evanescente em surdina, o carnê de baile, a imagem risonha no espelho; rezai por ela e por mim.

Outubro, 3: O trino do primeiro sabiá acende o sol na janela.

Viver ainda um dia, viver!

Outubro, 4: Para o meu Floripes serei a sua Maria da Luz; ai! só para ele.

Por ele beberia gengibirra com mil cabeças de fósforo amassadas e caminharia sobre a água, sem molhar os pés.

Me pedisse a lua, eu desmaiava tantas vezes de amor que a lua dele seria com peninha de mim.

Não queres, Rudi? Bem sei, tu não queres.

Outubro, 5: Deus, faz com que hoje aconteça um milagre na minha vida. *a) Euzinha.*

Outubro, 6: Por favor, Deus. *a) A mesma.*

Outubro, 7: Me acolheu nos braços e arrebatou na garupa do seu cavalo de ébano. Depois o fogo estalando na lareira, que tal um cálice de absinto, meu bem?

— Colher e...

— ... torrão de açúcar. Sou isquiática, porém saudável.

Quanta bobice para espantar o tédio.

Outubro, 8: Os pensamentos que não tenho coragem de escrever.

Outubro, 11: O doutor, um pigarro:

— Minha jovem, se você insiste em não se cuidar...

Dois pigarros:

— Não quero assustá-la, mas...

Que seja. Vida longa à velha aguerrida. Sentadinha, desafiante, o espadim de madeira golpeando o ar: *Raspe-se! Fora daqui, ó Bruxa!*

E uma coroa de flores roxas para a mocinha tossicante.

Outubro, 15: O silêncio desse vasto cemitério de estrelinhas mortas já não me assusta.

Outubro, 17: Não andes pelas estradas ao sol em busca de um resto de amor.

Veja, a noite que se deita sobre os telhados esconde de teus olhos os caminhos ardentes.

Outubro, 18: No aniversário da Lúcia, enrolei no lencinho perfumado um pequeno frasco azul.

Ninguém estava olhando? Eu cuspia, horror! (Ui, vermelho vivo.)

Outubro, 19: O doutor me proibiu sair de casa.

Outubro, 20: E não fui mulher fatal. Para recordar na velhice.

Outubro, 21: Ah, bem podia ser cavadora de ouro, jogar bacará no cassino, a lua boiando nas águas sobre a amurada do navio. E ser gorda, isso mesmo, de quadris rebolantes — e os poetas celebrariam as minhas coxas grossas.

Tanto eu queria, e não quero mais.

À noite, na janela: O príncipe gentil:

— Me permita, senhorinha, pendurar no seu pescoço este humilde colar de beijos!

Outubro, 22: — Laranja madura, bem baratinha!

O refrão do mascate a esganiçar-se na rua ensolarada. *Compra, freguês?* Sabor ácido de laranja na língua. E soprando as sementes, ai! medinho de apendicite!

Outubro, 23: Cravos no canteiro balançam as cabeças beijadas pelo vento — almas inocentes de meninas pulando amarelinha entre os túmulos?

Outubro, 24: Que sede! Pedir um copo d'água? Antes a sede e a febre, morrendo um pouco ao sol da manhã.

Outubro, 25: O céu estende no varal do jardim as nuvens brancas molhadas de chuva.

Outubro, 26: Um raio de sol na mão aberta contra a luz: vejo *através* dela.

Outubro, 27: O amor é a torta especial de maçã que sirvo todo dia a você. Mais que passem os dias, sempre resta um pedaço para amanhã.

Imaginei como será o meu epitáfio. Que tal esse? *Aqui jaz a feia adormecida que nenhum príncipe vem acordar.*

Outubro, 28: Me despi diante do espelho, beijei em delírio os braços nus. Profanado o mistério do meu corpo — qual a penitência?

Outubro, 29: Sempre sonhei no vestido róseo de musselina passear ao luar. Fazê-lo hoje? Muito sono.

Outubro, 30: Gente sadia aos cochichos na sala. Não quero vê-las; refugiei-me na terra de macilentas carpideiras descalças, xale preto e pretos véus — arranhem o rosto e se descabelem pela que vai morrer.

Novembro, 1: Uma história de fadas, mãezinha, para eu dormir. Da guria que desejou tocar o arco-íris. Logo ali, no fim da rua, rentezinho ao chão. Mamãe não tá olhando, está?

A menina corre e corre atrás das nuvens maravilhosas. Tão pertinho — e cada vez mais longe.

O fim da história, qual é, mãe? Conte, por favor.

Novembro, 2: Confidências tão ingênuas. E na garganta o soluço teimoso do remorso. Por tudo o que não fiz.

Novembro, 3: Diário querido, sabe que não tenho medo, calar as vozes, ir-me. A testa em fogo, o peito em fogo — e paz no coração.

Novembro, 5: Vejo o mundo através deste aquário sem água — uma vidraça embaçada por meu último suspiro.

Novembro, um dia: Morrer, afinal...

Furei os olhos da bruxinha de pano — já não chora por mim.

Novembro, 8: O beijo que ninguém colheu? Esse beijo é teu, Rudi.

Novembro, 10: Num sonho, como na vida, despertei de madrugada: todos dormiam a sono solto.

Flausi-Flausi — a palavra secreta que, soprada três vezes no escuro, alcança o milagre da minha cura.

Novembro, 14: O padeiro virá de manhã trazendo pãozinho quente e a gorda Odete limpará o pó dos móveis e mamãe irá à missa e meninas brincarão de roda na calçada e os estudantes, às oito horas, têm os eternos cabelos desgrenhados. Que fim levou a mocinha triste na janela?

O padre rezará a missa, mamãe comerá o pãozinho tostado, os estudantes sairão da aula para as ruas pipilantes de gente. A vidraça foi descida e a janela fechada. Que a donzela morra de amor pelo seu donzel, ó filhas de Curitiba.

Novembro, 16: Tosse, Ana. Tosse. Mais sangue no lencinho.

Novembro, 19: ... a rosa, por favor, a rosa branca no cabelo.

Últimas palavras

Felipe Hirsch e Caetano W. Galindo

Nada há de ser mais fácil que elaborar uma antologia de Dalton Trevisan; e pouca coisa pode ser mais difícil. Com os mais de setecentos contos que ele nos deixou seria certamente possível montar um ou até dois outros livros do mesmo tamanho deste, sem repetir nenhum texto, e sem perder qualidade.
Dalton é uma fonte exuberante de magnitude verbal e humana.
O que a gente apresenta aqui é uma seleção pessoal, feita por dois leitores que passaram a vida acompanhando encantados a produção de Trevisan. Um de nós nasceu em Curitiba, outro cresceu por lá. Um passou de devoto a adaptador de sua obra para o teatro. Outro foi de leitor a resenhista de seus livros. Os dois amadureceram lendo, relendo, cismando e delirando com o mundo criado por esse gênio. Passamos nossa juventude nas esquinas de Dalton. Desde a Confeitaria Schaffer onde espionávamos o Vampiro na mesa do fundo tomando sua coalhada, até a frente de sua casa cinzenta sempre com as janelas fechadas. Desse lugar, sentimos o gosto da água das torneiras, o mofo das roupas de frio retiradas dos armários, o céu cinza e o azul. O uivo macabro dos terrenos baldios, o tato do primeiro sexo, o brilho nos olhos de todos os amigos de infância, o que nos fez únicos e, por isso mesmo, quaisquer.

Trevisanianos.

Mas, na hora de montar este livro, além de prestar atenção nessa nossa história de vida e de leitura, também sondamos os critérios de escolha do próprio Dalton. Desde o *Primeiro livro de contos* (1979) até a *Antologia pessoal* (2023), ele se mostrou consciente da importância da publicação de recortes pessoais da sua ficção, e fomos consultar essas seleções, é claro. Melhor ainda, pudemos contar com uma pequena lista de favoritos que ele elaborou especialmente para nós, quando soube deste projeto de uma nova antologia.

Logo, alguns contos presentes aqui são escolhas carimbadas por nós três: Dalton, Felipe, Caetano. Outros são escolhas pessoais dos organizadores, ora de comum acordo, ora cada um marcando sua posição, defendendo seus favoritos inestimáveis. E achamos bem-posto que seja assim. Que possamos apresentar um livro com uma escolha sólida e uma demonstração rigorosa da qualidade de cada uma das fases do autor, que também ostente as marcas das nossas predileções, daquele gesto de apropriação que faz com que cada leitor de Trevisan tenha sua lista pessoal de clássicos.

Os contos incontornáveis estão aqui, mas também estão presentes dezenas de obras das fases mais recentes e talvez menos conhecidas da obra de Trevisan, que não parou de evoluir e de assombrar durante toda a sua carreira. Ele era corajoso e singular quando estreou aos dezenove anos com *Sonata ao luar* (obra de 1945 que só deixaria republicarem no século XXI), e foi singular e corajoso aos noventa, quando encerrou sua produção com uma obra linda, e diferente de todo o resto.

Curiosamente, a nossa seleção afetiva acabou incluindo o primeiro conto do seu primeiro livro "oficial" ("Pedrinho", de *Novelas nada exemplares*, 1959) e o último de todos ("Flausi-Flausi", de *O beijo na nuca*, 2014).

Talvez Trevisan seja o caso mais claro de um escritor que concebeu toda a sua produção como "uma obra", um imenso painel que, ao receber novos elementos, exigia constantes redefinições e reacomodações das peças que já estavam no tabuleiro. E é empolgante (e também assustador) pensar que esta antologia é, no fundo, o primeiro desses gestos de reapresentação da obra que se dá num mundo pós-Dalton. Após suas últimas palavras.

Até por isso, para dar conta dessa evolução, os contos vêm apresentados na ordem da sua primeira publicação em livro. Nos demos apenas o direito de alterar a ordem de alguns deles, quando publicados no mesmo livro. Tal cuidado é necessário também porque sua produção se estendeu por um período imenso.

Dalton Jérson Trevisan nasceu em 1925, no governo do presidente Arthur Bernardes e três anos depois da publicação do *Ulysses* de James Joyce, quando Curitiba tinha lá seus 70 mil habitantes, o leiteiro passava pelas casas toda manhã, e cavalos eram o meio de transporte mais comum. Ele estreou como escritor em 1945, no Estado Novo de Getúlio Vargas, e em 1946 já estava sacudindo o sistema literário brasileiro com sua revista *Joaquim*, que inclusive publicaria a primeira tradução brasileira de um trecho do romance de Joyce.

Para dar uma dimensão da extensão de sua carreira, considere que ele publicou seu primeiro livro numa grande editora nacional com aquelas *Novelas nada exemplares*, de 1959, em pleno governo de Juscelino Kubitschek, um ano antes da inauguração de Brasília. Quando estes antologizadores nasceram, em plena ditadura militar, no início da década de 70, ele já estava mais do que consagrado como o maior contista do Brasil. No ano do lançamento do Plano Real, em 1994, o escritor já quase setentão ia entrando numa fase nova e revolucionária da sua obra, com a publicação das "ministórias", os mais perfeitos microcontos da nossa literatura. Em 2014, aos noventa anos de idade e no fim do primeiro mandato de Dilma Rousseff, ele acabara de ganhar, pela terceira vez, o Prêmio Portugal Telecom — hoje Oceanos —, depois de uma enfiada de quatro Jabutis, uma carrada de outros prêmios, e de nada menos que o Camões (que, previsivelmente, não apareceu pra buscar). Nesse período, encerrava sua produção inédita com um livro absolutamente sem par, mistura de diário, reflexão, contos, revisões.

A história do Brasil se desenrolava enquanto ele cuidadosamente montava sua obra. Um autor que começou escrevendo sobre carroças e casinhas de lambrequim, terminou falando da invasão do crack e dos prédios feios numa cidade que agora tinha quase (eternamente quase) 2 milhões de habitantes. Sem sair de casa, passeou pela alma dos criminosos e pela dor do ser humano com invejável invisibilidade moral. Desenvolveu seu estilo único, toda uma linguagem própria, tomou posse de palavras, lapidou sua literatura tão tingida na verdade que, em muitos momentos, é impossível não nos reconhecermos naqueles personagens.

Ele falou de Curitiba, contra-atacando toda a imagem que os urbanistas, marqueteiros e ufanistas quiseram construir. Fez a fama da cidade ao difamar a cidade e cantar seu apreço por uma Curitiba, matriz, que no fundo foi ele mesmo que ajudou a inventar. Retratou a crueldade e deu voz a monstros, achincalhou os chatos e debochou dos pretensiosos. Mas acima de tudo se manteve fiel à frase do escritor Terêncio, o mesmo que mais de 2 mil anos atrás afirmava que tudo já tinha sido dito antes: "Sou humano, e nada do que é humano me é estranho".

Se desumanizarmos os personagens de Dalton Trevisan, desconhecemos a vida.

Aqui, nestas páginas, nós conseguimos juntar várias de suas facetas mais importantes, e tentamos documentar um pouco a constante dança de repetição e inovação, de invenção e reescrita que caracteriza tão vigorosamente sua produção.

O retratista das pequenas e grandes dores do universo de sua aldeia; o escritor que faz uso da narrativa policial para mergulhar no mais fundo abismo da crueldade dos homens, em "Debaixo da Ponte Preta"; o crítico obcecado por sua terra em "Lamentações de Curitiba", "Dá uivos, ó porta, grita, ó Rio Belém", "Curitiba revisitada" (e de passagem registramos com isso o seu reconhecido amor pelo eterno retorno aos mesmos temas); algumas das primeiras e das mais interessantes representações do amor homossexual na nossa literatura, como "Paixão segundo João", ou mais tarde, "Lábios vermelhos de paixão", conto em que aparece uma delicada intertextualidade com "O entardecer de um fauno", poema de Mallarmé que posteriormente foi musicado por Debussy e coreografado por Nijinski.

Dalton sabia mexer com o cânone.

Aqui somos apresentados a personagens que às vezes reapareciam, criando pequenos ciclos que atravessavam várias obras: não só os inúmeros Joões e Marias, mas também a figura do Colibri, o "hominho" da nossa literatura; conhecemos o autor de uma infinidade de cenas de sexo em consultórios médicos ou escritórios de advogados, como em "Abismo de rosas". Aqui encontramos, no meio de toda a dureza que se associa ao seu mundo, o Dalton capaz de cantar com ternura o amor por uma cachorrinha, em "O fim da Fifi" e de dedicar o mais lírico olhar ao mundo que o cerca, em "Chuva"; o Dalton da violência doméstica em "Com o facão, dói" e "Morre desgraçado", conto retirado quase literalmente de um recorte de jornal; o Dalton que incorporava e ridicularizava sua reputação de "vampiro", na "Balada do vampiro", em "Quem tem medo de vampiro?" e "Ei vampiro, qual é a tua?".

Aqui aparecem o obsessivo leitor de Machado de Assis (ele fazia listas de palavras e expressões machadianas), inconformado com leituras modernas de *Dom Casmurro*, em "Capitu sem enigma" e "Cara Senhora", que foi publicado em seu livro *Desgracida* numa seção toda dedicada a cartas; o virtuosístico inventor de microcontos e ministórias dos anos 90, seguido de repente pelo inclassificável estilista pós-kitsch de "Cantares de Sulamita", e pérolas como "O almoço de Natal", "Mundo, não aborreça" e "O velho poeta", que de repente o mostravam de volta a formatos mais tradicionais de contos, agora renovados pela sua verve cada vez mais afiada; e vamos até o Dalton vingativo, que desancava seus desafetos em momentos como "Hiena papuda".

Tudo isso para encerrar com aquele "Flausi-Flausi", que não apenas documenta toda a história do escritor Dalton Trevisan, tendo aparecido em várias versões desde que foi a obra vencedora de um concurso de contos (em 1944!) até 2014, quando depois de republicado mais de uma vez, ele finalmente encerra seu último livro numa variante que agora

inclui um aceno delicado mas claro (aquela "rosa branca") ao monólogo que encerra o *Ulysses*.
Dalton, o cobra que morde o próprio rabo.

Nós não podemos ousar ter a menor esperança de que esta antologia seja uma representação perfeita do gênio, do talento inquieto de um dos maiores escritores da história. No entanto torcemos para que ela sirva como porta de acesso, como apresentação de um dos mais importantes patrimônios da língua portuguesa.

É de quase tremer, mas precisamos também dizer que estes contos aparecem aqui no que seria uma versão "definitiva".

Vários dos textos de Trevisan foram republicados mais de uma vez ao longo de sua carreira, e ele sempre alterava, cortava, reescrevia, recortava e refundia. Na verdade, ainda estava fazendo emendas no começo de dezembro de 2024, poucos dias antes de faltar (palavra tão trevisaniana). Os contos que agora aparecem nesta antologia são publicados com todas as edições e alterações que receberam nos anos e décadas posteriores às suas publicações originais e, pela primeira vez, mesmo com aquelas últimas emendas feitas por seu autor. Dalton, o eterno reescritor inquieto, fixado finalmente na página.

Consta que suas últimas palavras, de fato, foram: "Eu estou desaparecendo?...".

Nós, nesta antologia, e você, que nos lê, respondemos.

Você continua aqui, Dalton.

Fontes

"Pedrinho": *Novelas nada exemplares*. 8. ed. rev. Rio de Janeiro: Record, 2009.
"Uma vela para Dario", "Duas rainhas", "O cemitério de elefantes", "O coração de Dorinha": *Cemitério de elefantes*. 22. ed. Rio de Janeiro: Record, 2024.
"Ismênia, moça donzela": *Morte na praça*. 7. ed rev. Rio de Janeiro: Record, 2007.
"A noite da paixão", "Debaixo da Ponte Preta": *O vampiro de Curitiba*. São Paulo: Todavia, 2025.
"Onde estão os natais de antanho?": *Desastres do amor*. 5. ed. Rio de Janeiro: Record, 1987.
"Lamentações de Curitiba", "Chuva", "Senhor": *Mistérios de Curitiba*. 4. ed. rev. Rio de Janeiro: Record, 1979.
"A paixão segundo João", "Trinta e sete noites de paixão": *A guerra conjugal*. 8. ed. rev. Rio de Janeiro: Record, 1979.
"Educação sentimental do vampiro": *O rei da terra*. Rio de Janeiro: Record, 2007.
"Última corrida de touros em Curitiba": *O pássaro de cinco asas*. 6. ed. Rio de Janeiro: Record, 2014.
"A barata leprosa", "O colibri": *A faca no coração*. 3. ed. Rio de Janeiro: Record, 2005.
"Abismo de rosas", "A gorda do Tiki Bar", "O fim da Fifi": *Abismo de rosas*. 2. ed. Rio de Janeiro: Record, 2003.
"Meu pai, meu pai": *A trombeta do anjo vingador*. 4. ed. rev. Rio de Janeiro: Record, 2008.
"Dá uivos, ó porta, grita, ó Rio Belém": *Crimes de paixão*. 3. ed. Rio de Janeiro: Record, 2011.
"O beijo puro na catedral do amor": *Virgem louca, loucos beijos*. 4. ed. rev. Rio de Janeiro: Record, 2002.
"Chora, maldito": *Lincha tarado*. 2. ed. Rio de Janeiro: Record, 1997.
"O grande deflorador": *Chorinho brejeiro*. São Paulo: Todavia, 2025.
"Modinha chorosa": *Essas malditas mulheres*. 3. ed. Rio de Janeiro: Record, 2008.
"Com o facão, dói": *Meu querido assassino*. 2. ed. Rio de Janeiro: Record, 1988.

"Morre desgraçado", "Minha vida meu amor", "Balada do vampiro": *Pão e sangue*. São Paulo: Todavia, 2025.
"Capitu sem enigma", "Curitiba revisitada", "Quem tem medo de vampiro?": *Dinorá*. 3. ed. rev. Rio de Janeiro: Record, 2007.

[Ministórias]

pp. 155-9: *Ah, é?*. São Paulo: Todavia, 2025.
pp.160-5: *234*. 2. ed. Rio de Janeiro: Record, 2002.
pp.166-9: *Pico na veia*. Rio de Janeiro: Record, 2002.

"Cantares de Sulamita": *Capitu sou eu*. 3. ed. Rio de Janeiro: Record, 2003.
"Arara bêbada", "No bolso", "Carnaval curitibano", "O plano", "O franguinho": *Arara bêbada*. 2. ed. Rio de Janeiro: Record, 2018.
"O almoço de Natal", "Balada das mocinhas do passeio": *Rita Ritinha Ritona*. 1. ed. Rio de Janeiro: Record, 2005.
"Ei vampiro, qual é a tua?": *Macho não ganha flor*. Rio de Janeiro: Record, 2006.
"Mundo, não aborreça": *O maníaco do olho verde*. Rio de Janeiro: Record 2008
"Lábios vermelhos de paixão": *Violetas e pavões*. Rio de Janeiro: Record, 2009.
"Hiena papuda": *Duzentos ladrões*. Porto Alegre: L&PM, 2008.
"Cara Senhora": *Desgracida*. São Paulo: Todavia, 2025.
"O velho poeta", "O escritor": *O anão e a ninfeta*. 1. ed. Rio de Janeiro: Record, 2011.
"Flausi-Flausi": *O beijo na nuca*. São Paulo: Todavia, 2025.

© Dalton Trevisan, 2025
© *organização e posfácio*, Felipe Hirsch e Caetano W. Galindo, 2025

Todos os direitos desta edição reservados à Todavia.

Grafia atualizada segundo o Acordo Ortográfico da Língua Portuguesa de 1990, que entrou em vigor em 2009.

capa
Radiográfico
ilustrações de capa e colofão
Poty
estabelecimento de texto
Fabiana Faversani
preparação
Jane Pessoa
revisão
Karina Okamoto
Érika Nogueira Vieira

Dados Internacionais de Catalogação na Publicação (CIP)

Trevisan, Dalton (1925-2024)
  Educação sentimental do vampiro / organização Felipe Hirsch, Caetano W. Galindo. — 1. ed. — São Paulo : Todavia, 2025.

  ISBN 978-65-5692-832-6

  1. Literatura brasileira. 2. Contos. I. Trevisan, Dalton. II. Galindo, Caetano W. III. Hirsch, Felipe. IV. Título.

CDD B869.93

Índice para catálogo sistemático:
1. Literatura brasileira : Contos B869.93

Bruna Heller — Bibliotecária — CRB 10/2348

todavia
Rua Fidalga, 826
05432.000 São Paulo SP
T. 55 11. 3094 0500
www.todavialivros.com.br

Publicado no ano do centenário de
Dalton Trevisan. Impresso em papel
Pólen natural 80 g/m² pela Geográfica.